CANDACE CAMP
Apuesta de Amor

Editado por Harlequin Ibérica.
Una división de HarperCollins Ibérica, S.A.
Núñez de Balboa, 56
28001 Madrid

© 2007 Candace Camp. Todos los derechos reservados.
APUESTA DE AMOR, N° 54 - 1.1.08
Título original: The Marriage Wager
Publicada originalmente por HQN Books.
Traducido por María Perea Peña.

Todos los derechos están reservados incluidos los de reproducción, total o parcial. Esta edición ha sido publicada con permiso de Harlequin Enterprises II BV.
Todos los personajes de este libro son ficticios. Cualquier parecido con alguna persona, viva o muerta, es pura coincidencia.
™TOP NOVEL es marca registrada por Harlequin Enterprises Ltd.

® y ™ son marcas registradas por Harlequin Enterprises Limited y sus filiales, utilizadas con licencia. Las marcas que lleven ® están registradas en la Oficina Española de Patentes y Marcas y en otros países.

I.S.B.N.: 978-84-671-5899-1
Depósito legal: B-51009-2007

Lady Haughston contempló a la muchedumbre que había bajo ella, con una mano apoyada ligeramente en la barandilla de nogal negra y brillante. Era consciente de que la gente se volvía a mirarla. De hecho, se habría sentido decepcionada de no ser así.

Francesca Haughston había sido una de las bellezas reinantes de la alta sociedad durante más de una década; a los treinta y tres años, no le interesaba el hecho de ser precisa en cuanto al tiempo que había transcurrido desde su presentación en sociedad. La naturaleza la había bendecido con una gran belleza: tenía el pelo rubio, casi dorado, los ojos azules y grandes, la piel suave y blanca, la nariz recta, ligeramente respingona, y los labios un poco curvados hacia arriba por las comisuras, lo cual le confería a su sonrisa un aire vagamente felino. Tenía también un pequeño lunar en la mejilla, cerca de la boca, cuyo único efecto era el de acentuar la perfección de sus rasgos. Era de mediana estatura, pero sus formas esbeltas y su porte elegante hacían que pareciera más alta.

Sin embargo, incluso con todas las ventajas que la naturaleza le había concedido a Francesca, ella siempre se aseguraba de aparecer en público impecablemente arreglada y de modo que sus características se vieran más realzadas aún: siempre llevaba los mejores vestidos, el calzado que mejor complementara las prendas y el peinado que más favoreciera a su rostro. Su atuendo siempre seguía los dictados de la última moda, pero ella no elegía las tendencias pasajeras, sino sólo aquellas cuyos matices resaltaran mejor el color de su piel, de sus ojos y de su pelo, y los estilos que más embellecieran su figura.

Aquella noche llevaba un vestido de satén, de color azul claro, con el escote a la altura adecuada para dejar a la vista, de una manera seductora pero no vulgar, el pecho y sus hombros blancos y suaves. El escote estaba adornado con encaje plateado, que también remataba los bajos del vestido y que se derramaba como una cascada por la media cola trasera de la falda. Llevaba un sencillo pero maravilloso collar de diamantes y un brazalete a juego, y también un tocado con algunos brillantes diseminados por el pelo.

Francesca estaba segura de que al verla nadie se habría imaginado que sus finanzas eran más bien parcas. La verdad era que su difunto marido, al cual no añoraba en absoluto, Lord Andrew Haughston, había muerto dejándole en herencia enormes deudas a causa de su adicción al juego y a las apuestas. Ella se había tomado grandes molestias en ocultar aquella realidad. Nadie sabía que las joyas que llevaba eran copias de las verdaderas, que había tenido que vender. Tampoco nadie, ni siquiera la más avezada de las damas de la sociedad londinense, sospechaba que había cuidado las chinelas que llevaba con esmero, de modo que ya estaban en su tercera temporada. Ni que su vestido estaba confeccionado a partir de otro que había lucido durante la temporada anterior, y que su habilidosa doncella había convertido en una prenda digna de la moda francesa más reciente.

Uno de los pocos que conocían su situación verdadera era el hombre elegante y esbelto que estaba a su lado, sir Lucien Talbot. Él se había unido al círculo de admiradores de Francesca durante su primera temporada, cuando era una jovencita, y aunque el interés romántico que había mostrado por ella no era más que una agradable ficción en la que los dos participaban, su devoción por ella era bastante real, y durante los años que habían transcurrido, habían llegado a ser grandes amigos.

Sir Lucien era un hombre muy elegante e ingenioso, y aquellas dos características, unidas a su estado de perpetua soltería, lo convertían en un invitado muy demandado en las fiestas. Era bien sabido que no tenía dinero, como toda la familia Talbot, pero eso no estropeaba su reputación ni le impedía acceder a los círculos más selectos; ésta era una cualidad que las anfitrionas de la alta sociedad tenían en muy alta consideración. Siempre se podía contar con él para que animara una conversación con uno o dos comentarios mordaces, nunca hacía escenitas, era un bailarín excelente y su sello de aprobación para una fiesta era suficiente para establecer la buena reputación de un anfitrión.

–Vaya, qué multitud –comentó en aquel momento, observando con el monóculo a la gente que había bajo ellos.

–Creo que lady Welcombe tiene la profunda convicción de que un *rout* debe estar lo más concurrido posible, con el único límite de que los invitados tengan espacio para bailar –convino Francesca, mientras se abanicaba con languidez–. Temo bajar. Sé que me pisarán sin remedio.

–¿Y no es ése el objetivo de un *rout*?

Aquella pregunta había sido formulada por una voz grave que provenía de atrás, ligeramente a la derecha.

Francesca conocía aquella voz.

–Rochford –dijo antes de volver la cabeza–. Me sorprende encontraros aquí.

Lucien y Francesca se giraron para saludar al recién llegado, que hizo una ligera reverencia y respondió:

–¿De veras? A mí me parece que uno puede pensar que verá a todos sus conocidos en este baile.

Después, apretó los labios con una mueca familiar que era casi, aunque no del todo, una sonrisa. Se llamaba Sinclair y era el quinto duque de Rochford, y si la presencia de Lucien era solicitada por las anfitrionas, la asistencia de Rochford a una fiesta era la máxima aspiración de todas ellas.

Rochford era un hombre alto, delgado y de hombros anchos. Iba vestido de impecable negro y blanco, tal y como se requería en las ocasiones formales; llevaba un broche de rubíes en el pañuelo del cuello y unos gemelos a juego. Era uno de los hombres más poderosos de la aristocracia, y además, muy guapo. Su comportamiento, al igual que su forma de vestir, era elegante y discreto. Causaba admiración entre los hombres por su habilidad en el manejo de los caballos y por su certera puntería, y era perseguido por las mujeres debido a su gran fortuna, sus pómulos marcados y sus ojos negros. Tenía casi cuarenta años y nunca se había casado, y como consecuencia, se había convertido en la desesperación de la mayoría de las damas de la alta sociedad, incluso de aquellas con más determinación.

Francesca no pudo evitar sonreír un poco ante su respuesta.

—Probablemente tenéis razón.

—Como siempre, sois una visión, lady Haughston —le dijo Rochford.

—¿Una visión? —preguntó Francesca, arqueando

una de sus delicadas cejas–. Me doy cuenta de que no habéis dicho qué tipo de visión. Podrían encontrarse muchas formas de terminar esa frase.

A Rochford le brillaron los ojos, pero respondió en tono neutral:

–Nadie que tuviera ojos imaginaría algo que no fuera una visión de belleza.

–Una excelente recuperación –le dijo Francesca.

Sir Lucien se inclinó hacia Francesca y le susurró:

–No mires. Lady Cuttersleigh se está acercando.

Una mujer alta y muy delgada se aproximaba hacia ellos, seguida de su marido, un hombre bajo y fornido. Lady Cuttersleigh era hija de un conde, pero se había casado con un barón, y solía recordarle a su marido, y al resto del mundo, que su matrimonio estaba por debajo de sus posibilidades. Consideraba que era su deber casar a sus numerosas hijas con alguien digno de su elevada línea de sangre. Sin embargo, dado que sus hijas se parecían mucho a ella en el físico y el carácter, le estaba resultando difícil. Aquélla era una de las pocas mujeres que no había cejado en el empeño de conseguir al duque de Rochford como yerno.

Rochford hizo una leve mueca de dolor antes de volverse y ejecutar una perfecta reverencia para saludar a la pareja que se había acercado.

–Mi señora Cuttersleigh.

–Lady Haughston –dijo lady Cuttersleigh para saludar a Francesca, y después asintió desinteresadamente hacia sir Lucien, cuyo título estaba muy por debajo de sus aspiraciones. Se giró nuevamente hacia Rochford con una sonrisa y afirmó–: Maravillosa fiesta, ¿no creéis? La fiesta de la temporada, diría yo.

Rochford no dijo nada, se limitó a sonreír con socarronería.

–Me pregunto cuántas fiestas de la temporada habrá este año –ironizó sir Lucien.

Lady Cuttersleigh lo miró con desdén.

–Sólo puede haber una.

–Oh, a mí me parece que habrá tres, al menos –intervino Francesca–. Una de ellas es la que cuenta con una mayor asistencia de invitados, que será ésta, seguramente; pero también está la fiesta ganadora de este año en cuanto al lujo con el que está decorada la casa.

–Y también está la que ganará por la importancia de los invitados que asisten –añadió sir Lucien.

–Bueno, yo sé que mi Amanda sentirá haberse perdido ésta –dijo lady Cuttersleigh.

Francesca y Lucien se miraron, y Francesca abrió su abanico y lo elevó hasta su rostro para ocultar su sonrisa. Fuera cual fuera el tema del que estuvieran hablando, lady Cuttersleigh se las arreglaba para sacar a sus hijas en la conversación.

Lady Cuttersleigh comenzó a describir detalladamente la fiebre que había postrado a sus dos hijas menores, y la manera tan conmovedora en que su hija mayor, Amanda, se había quedado en casa para cuidarlas. Francesca se preguntó dónde estaba el instinto maternal de aquella mujer, puesto que era su hija la que había tenido que quedarse cuidando de las dos niñas enfermas.

Lady Cuttersleigh siguió explayándose con las virtudes de Amanda hasta que Rochford intervino.

–Sí, mi señora, está claro que vuestra hija mayor es una santa. Verdaderamente, entiendo que sólo el más virtuoso de los hombres sería un marido apropiado para ella. ¿Puedo sugeriros al reverendo Hubert Paulty? Es un hombre excelente, y muy adecuado para ella.

Lady Cuttersleigh se quedó sin palabras. Miró al duque con abatimiento, parpadeando rápidamente e intentando recuperarse de aquel golpe para retomar sus esfuerzos. Rochford, sin embargo, fue demasiado rápido para ella.

–Lady Haughston, creo que me habíais prometido que me presentaríais a vuestro estimado primo –le dijo a Francesca, ofreciéndole el brazo.

Francesca le lanzó una mirada divertida, y le dijo en un tono de voz recatado:

–Por supuesto. Si nos excusáis, lady Cuttersleigh. Sir Lucien.

Sir Lucien se inclinó hacia ella y susurró:
–Traidora.

Francesca no pudo reprimir una risita mientras se alejaba del brazo de Rochford.

—¿Mi estimado primo? —repitió—. ¿Os referís al que tanto cariño le profesa a su oporto, o al que huyó al Continente después de un duelo?

Una vaga sonrisa se dibujó en los labios del duque.

—Me refiero, mi hermosa señora, a cualquiera que pueda librarme de lady Cuttersleigh.

Francesca sacudió la cabeza.

—Qué mujer tan horrible. Está asegurándose la soltería de todas sus hijas con esos intentos por casarlas. No sólo es muy torpe a la hora de imponérselas a la gente, sino que además sus expectativas exceden con mucho las posibilidades de las muchachas.

—Vos, según tengo entendido, sois una experta en esos asuntos —dijo Rochford, en un tono ligeramente burlón.

Francesca lo miró con las cejas arqueadas.

—¿De veras?

—Oh, sí. He oído decir que sois aquélla a la que hay que consultar cuando se hace una incursión en las procelosas aguas del mercado del matrimonio. Sin embargo, uno se pregunta por qué vos misma no os habéis puesto en las listas de nuevo.

Francesca le soltó el brazo y se volvió hacia la barandilla para mirar a la multitud que había bajo ellos.

—Me encuentro a gusto en mi estatus de viuda, Excelencia.

—¿Excelencia? —repitió él burlonamente—. ¿Después de tantos años? Me parece que os he ofendido una vez más. Me temo que soy bastante proclive a hacerlo.

—Sí, parece que sois experto en ello —respondió Francesca—. No, no me habéis ofendido. Sin embargo, me pregunto si... ¿me estáis pidiendo ayuda?

Él soltó una carcajada.

—No, no. Sólo estaba conversando.

Francesca se giró de nuevo hacia el duque y lo observó fijamente, preguntándose por qué habría sacado aquel tema. ¿Quizá se hubieran extendido rumores sobre sus esfuerzos de casamentera? Durante aquellos últimos años, Francesca había ayudado a más de una pareja de padres que estaba intentando casar con éxito a una hija. Esos padres siempre le habían demostrado su gratitud con algún regalo, por supuesto, después de que Francesca hubiera guiado a la muchacha, bajo su protección, por los difíciles caminos de la alta sociedad hacia los brazos del marido adecuado.

Sin embargo, aquellos regalos se habían intercambiado con la máxima discreción por ambas partes, y Francesca no entendía cómo había podido saberse que cierto broche de plata o cierto anillo de rubí se habían empeñado en el establecimiento de algún prestamista.

Rochford la miró también, y Francesca detectó la chispa de la curiosidad en sus ojos oscuros. Entonces dijo, rápidamente:

—Sin duda, encontráis insignificante esa cualidad.

—Claro que no. He conocido a muchas madres formidables y empeñadas en convertir a sus hijas en duquesas, a demasiadas como para desdeñar los esfuerzos de una casamentera.

—Realmente, es asombroso —continuó Francesca— contemplar cómo muchas de esas madres manejan la cuestión de la forma más equivocada. No sólo lady Cuttersleigh. Mirad a aquellas muchachas.

Francesca asintió hacia un grupo que había bajo ellos, junto al tiesto de una palmera. Una mujer de mediana edad, vestida de color morado, estaba junto a dos jóvenes que, claramente, eran hijas suyas, teniendo en cuenta el desafortunado parecido que había entre ellas.

—Normalmente, las mujeres que no tienen idea de cómo vestirse se empeñan en elegir la ropa de sus hijas —comentó Francesca—. En este caso, la madre ha vestido a las hijas de color lavanda, un tono más juvenil del morado que ella lleva; y cualquier tono de ese color es desastroso con su color de piel, porque sólo sirve para hacerlo más amarillento. Además, llevan demasiados volantes, demasiado encaje y demasiados lazos. Y mirad cómo la madre habla y habla, sin dejar que sus hijas pronuncien una sola palabra.

—Sí, ya veo —respondió Rochford—. Pero seguramente éste es un ejemplo extremo. No creo que tuvieran muchas esperanzas incluso sin una madre tan dominante.

Francesca emitió un sonido desdeñoso.

—Yo lo conseguiría...

—Vamos, querida... —dijo él, con una mirada de diversión.

Francesca arqueó las cejas.

—¿Dudáis de mí?

—Me inclino ante todo vuestro conocimiento —dijo él—, pero pienso que ni siquiera vos conseguiríais casar a ciertas muchachas.

Aquel tono burlesco irritó a Francesca. Sin detenerse a pensar, dijo:

—Sí podría. Podría hacer que cualquier chica de esta sala estuviera comprometida antes del final de la temporada.

Él contuvo una sonrisa de un modo decididamente molesto y dijo con despreocupación:

—¿Os apetece hacer una apuesta?

Francesca pensó que había sido impetuosa, pero no podía retirarse ante aquel tono de voz de burla.

—Sí, me apetece.

—¿Cualquier muchacha de la sala? —preguntó Rochford.

—Cualquier muchacha.

—¿Y la tomaríais bajo vuestra protección hasta que estuviera comprometida con un candidato aceptable, antes del fin de la temporada social?

—Sí —respondió Francesca, mirándolo con frialdad. Ella no era de las que se amedrentaban ante un desafío—. Y vos podéis elegir a la muchacha.

—Pero, ¿qué nos apostaremos? Veamos... si yo gano, debéis acceder a acompañarnos a mi hermana y a mí cuando vayamos a hacerle nuestra visita anual a nuestra tía abuela.

—¿A lady Odelia? —preguntó Francesca con algo de horror.

Cuando respondió, a Rochford le brillaban los ojos.

—Vaya, pues claro. Lady Odelia os profesa un gran cariño, por si no lo sabíais.

—Sí, el mismo cariño que le profesa un halcón a un conejo gordo —respondió Francesca—. Sin embargo, acepto porque sé que no voy a perder la apuesta. ¿Y qué conseguiré yo cuando vos perdáis?

Él la miró, pensativamente, durante un momento antes de responder:

—Creo que un brazalete de zafiros del mismo color que vuestros ojos. Creo que a vos os agradan los zafiros.

Sus miradas se quedaron atrapadas la una en la otra durante unos instantes. Entonces, Francesca se volvió y dijo de manera insulsa:

—Sí, me agradan. Eso estará bien.

Apretó un poco su abanico, alzó la barbilla e hizo un gesto hacia los invitados de la fiesta.

—Bien, ¿a qué muchacha elegís?

Ella esperaba que Rochford eligiera a una de las dos jóvenes tan poco agraciadas sobre las que habían estado hablando.

—¿A la que lleva el enorme lazo en la cabeza, o la que lleva la pluma alicaída?

—A ninguna —respondió él, sorprendiéndola. Después señaló, asintiendo, a la mujer alta y esbelta que había tras las muchachas, vestida con un sencillo traje gris. Estaba claro, por la sencillez de aquel vestido, que la mujer había acudido a la fiesta en calidad de acompañante y no de debutante—. Elijo a aquélla.

Constance Woodley estaba aburrida. Se suponía que debía sentir gratitud, tal y como le decía frecuentemente su tía Blanche, por estar en Londres durante la temporada social y por poder asistir a grandes fiestas como aquélla. Sin embargo, Constance no podía alegrarse mucho por el hecho de acompañar a sus primas a tan numerosos bailes. Había una gran diferencia entre disfrutar de la temporada social como protagonista, caso de Georgiana y Margaret, y observar en un segundo plano cómo alguien disfrutaba de aquellos eventos.

Su oportunidad de tener una temporada social había pasado hacía mucho tiempo. Cuando ella cumplió dieciocho años y llegó el momento de su presentación, su padre se había puesto enfermo, y ella había pasado los cinco años siguientes cuidándolo mientras su salud decaía progresivamente. Él había muerto cuando ella tenía veintitrés años, y como su finca estaba vinculada a los herederos masculinos y Constance no tenía hermanos, la propiedad había ido a parar a manos de su tío, Roger. A Constance, soltera y sin medios económicos suficientes para mantenerse, aparte de la pequeña suma que su padre le había dejado en herencia y que había invertido íntegramente en fondos públicos, se le había permitido que permaneciera en la casa cuando sir Roger y su familia se habían instalado en ella.

Su tía Blanche le había dicho que con ellos siempre tendría un hogar, aunque pensaba que sería mejor que Constance dejara su habitación y ocupara otra mucho más pequeña en la parte trasera de la casa. La habitación más grande, con sus preciosas vistas al jardín, era más adecuada para las dos hijas de los dueños de la casa.

Aquel movimiento había sido un trago amargo para Constance, pero se había consolado pensando que al menos tenía una habitación para sí, y que no debía compartirla con sus primas; de aquel modo, podía retirarse allí de vez en cuando para disfrutar de la paz y la tranquilidad.

Constance había pasado aquellos últimos años viviendo con sus tíos y sus primas. Había ayudado a su tía con las niñas y con la casa para ser útil y agradecerle el hecho de que la hubieran acogido, pero también porque estaba claro que ellos esperaban aquel gesto en compensación por la habitación y el alojamiento. Pacientemente, Constance ahorraba y reinvertía los pequeños ingresos que recibía de su herencia, con la esperanza de que algún día acumularía lo suficiente como para poder mantenerse y vivir sola.

Dos años antes, cuando su prima mayor, Georgiana, había cumplido dieciocho años, su tío y su tía habían decidido que, debido a los gastos que suponía un debut, sería mejor esperar a que la segunda muchacha también cumpliera dieciocho años y presentar en sociedad a sus dos hijas a la vez.

Constance podía ir con ellos a Londres, le había dicho con deferencia su tía, en calidad de dama de compañía de las muchachas. No se había mencionado que participara en aquel rito social de ningún otro modo. Aunque la temporada londinense era en parte una especie de mercado matrimonial para madres con hijas casaderas, ni Constance ni su tía pensaban que Constance fuera un buen partido para ningún marido. Era una mujer atractiva; tenía los ojos grises y grandes y una melena espesa de color castaño oscuro y rojizo, pero a los veintiocho años se había convertido en una solterona, porque hacía tiempo que había sobrepasado la edad conveniente para presentarse en sociedad. Ya no podía vestirse de colores claros ni hacerse tirabuzones en el pelo. De hecho, la tía Blanche prefería que Constance llevara una cofia, pero aunque Constance accedía a llevarla durante el día, para las fiestas rehusaba ponerse aquel símbolo definitivo de sus esperanzas malogradas.

Constance hacía todo lo posible por cumplir con las expectativas de su tía, porque sabía que sus tíos no tenían obligación de acogerla después de la muerte de su padre. Que lo hubieran hecho principalmente por miedo a la desaprobación social y por tener una asistenta gratis para sus hijas no eran motivos suficientes para no profesarles gratitud. Sin embargo, a veces le resultaba muy difícil soportar el parloteo de sus primas, que eran tontas e inexplicablemente engreídas. Y aunque también era algo engreído por su parte, Constance detestaba llevar aquellos aburridos vestidos grises, marrones y azul marino, los colores que su tía consideraba más adecuados para una mujer soltera de cierta edad.

Observar a la gente brillante de la alta sociedad producía cierto placer, por supuesto, y Constance estaba concentrada en aquel pasatiempo. Estaba observando a la pareja que había en lo alto de la escalinata, mirando a los invitados de la fiesta como unos monarcas hubieran contemplado a sus súbditos. Aquélla era una analogía idónea, porque el duque de Rochford y lady Francesca Haughston estaban entre los miembros reinantes de la sociedad londinense. Constance, por supuesto, no conocía a ninguno de los dos, porque ellos se movían en un círculo muy superior al de su tío Roger y su tía Blanche. Sólo en aquellos eventos tan grandes como aquel *rout* los veía Constance.

En aquel momento, ellos dos comenzaron a descender por las escaleras, y Constance perdió su visión entre la multitud. Su tía se giró hacia ella en aquel mismo momento y le dijo:

—Constance, querida, busca el abanico de Margaret. Parece que se le ha caído.

Constance pasó los minutos siguientes buscando el abanico, así que no se dio cuenta de que se aproximaban dos mujeres hasta que la respiración agitada de su tía la alertó de que sucedía algo extraño. Alzó la vista y se dio cuenta de que lady Haughston caminaba hacia ellos junto a la sonriente anfitriona de la fiesta, la misma lady Welcombe.

—Lady Woodley, sir... eh...

—Roger —dijo el tío de Constance.

—Por supuesto, sir Roger. Espero que ambos estén disfrutando de mi fiestecita —dijo la dama, haciendo un gesto hacia la gran sala, que estaba abarrotada de gente. Su sonrisa desdeñosa era indicación de que comprendía lo humorístico de su comentario.

—Oh, sí, señora mía. Es un maravilloso baile. El mejor de la temporada, se lo aseguro. Justamente le estaba diciendo a sir Roger que es el evento más espléndido al que hemos asistido por ahora.

—Bueno, la temporada aún es joven —replicó lady Welcombe con modestia—. Sólo espero que aún sea recordado en julio.

—Oh, estoy segura de que así será —dijo la tía Blanche, y se apresuró a alabar profusamente las flores, las velas, la decoración.

Incluso la anfitriona debió de aburrirse con tanto halago.

—Por favor, permítanme que les presente a lady Haughston —dijo a la primera oportunidad que tuvo, y se giró hacia Francesca—. Lady Haughston, os presento a sir Roger Woodley y a su esposa lady Blanche, y ellas son... eh... sus encantadoras hijas.

—Encantada —dijo lady Haughston, tendiéndoles su esbelta y blanca mano.

—¡Oh, mi señora! ¡Es todo un honor! —exclamó la tía Blanche, sofocada por la excitación—. Me alegro tanto de conoceros. Por favor, permitidme que os presente a nuestras hijas, Georgiana y Margaret. Niñas, saludad a lady Haughston.

Lady Haughston sonrió superficialmente a cada una de las muchachas y después se acercó a Constance, que estaba ligeramente apartada.

—¿Y quién sois vos?

—Constance Woodley, señora —respondió Constance con una ligera reverencia.

—Disculpad —intervino la tía Blanche rápidamente—. La señorita Woodley es la sobrina de mi marido, y vive con nosotros desde que falleció su pobre padre, hace algunos años.

—Por favor, aceptad mis condolencias —dijo lady

Haughston, y añadió después de una breve pausa–: Por la muerte de vuestro padre.

–Gracias, señora –respondió Constance.

Percibió cierta diversión en los ojos profundamente azules de la otra mujer, y no pudo dejar de preguntarse si lady Haughston no estaba insinuando algo distinto con lo que había dicho. Contuvo la sonrisa que le produjo aquel pensamiento y le devolvió la mirada, con amabilidad, a lady Haughston.

Lady Welcombe se despidió y se alejó, pero para sorpresa de Constance, lady Haughston se quedó hablando con ellos durante unos instantes. Constance se sorprendió aún más cuando la dama dijo que debía marcharse y se giró hacia ella.

–¿Os importaría dar un paseo conmigo por la sala, señorita Woodley?

Constance se quedó demasiado asombrada como para responder. Después se adelantó con presteza y dijo:

–Sí, me gustaría mucho, gracias.

Recordó mirar a su tía para pedirle permiso, aunque Constance sabía que se hubiera ido con lady Haughston aunque la tía Blanche se lo hubiera negado. Afortunadamente, su tía sólo pudo asentir con perplejidad, y Constance se marchó con lady Haughston.

Francesca la tomó por el brazo y comenzó a caminar por la enorme sala, charlando despreocupadamente.

—Vaya, apenas puede una ver a alguien conocido entre tal multitud. Es imposible encontrarse con nadie —comentó.

Constance sonrió en respuesta. Aún estaba atónita por el interés de lady Haughston en ella, y no sabía qué decir, ni siquiera se le ocurría el más tópico de los comentarios. No podía imaginar qué quería de ella una de las grandes damas de la aristocracia. No creía que Francesca se hubiera dado cuenta, con una breve mirada, de que Constance era merecedora de su amistad.

—¿Es ésta vuestra primera temporada? —continuó Francesca.

—Sí, señora. Mi padre estaba muy enfermo cuando llegó el momento de mi presentación —le explicó Constance—. Murió unos años después.

—Ah, entiendo —dijo Francesca.

Constance miró a su acompañante. En los ojos de Francesca había una mirada de perspicacia que daba a entender que entendía más cosas de las que le había contado Constance. Que entendía el pasar lento del tiempo mientras Constance cuidaba de su padre, los días de aburrimiento y tristeza, intercalados con momentos de trabajo duro y confusión cuando su enfermedad empeoró.

—Siento vuestra pérdida —dijo lady Haughston amablemente. Después de un momento, añadió—: Así que ahora vivís con vuestros tíos. Y vuestra tía os ha amadrinado. Qué bondadoso por su parte.

Constance notó que se le ruborizaban las mejillas. No podía negar aquellas palabras, porque habría sido un detalle desagradecido, pero tampoco era capaz de dar a entender que su tía actuaba por bondad. Así pues, se limitó a decir:

—Sí. Bueno, sus hijas ya tienen edad para debutar, y...

—Estoy segura de que sois una gran ayuda para ella —dijo lady Haughston.

Constance la miró de nuevo y tuvo que sonreír. Lady Haughston no era tonta; entendía muy bien por qué la tía Blanche había llevado a Constance a Londres: no por bienestar de su sobrina, sino por su propio beneficio. Aunque Constance se preguntaba cuál sería el propósito de la dama, se sentía a gusto con ella sin poder evitarlo. Lady Haughston tenía una calidez de trato poco común entre la mayoría de los miembros del Ton.

—Aun así —continuó lady Haughston—, debéis tomaros tiempo para conocer Londres, también.

—He visitado algunos de los museos —respondió Constance—. Me han gustado mucho.

—¿De veras? Bueno, eso es excelente, pero yo estaba pensando en algo más parecido a... digamos que a ir de compras.

—¿De compras? —repitió Constance, que acababa de alcanzar el máximo punto de confusión—. ¿Comprar qué, señora?

—Bueno, yo nunca me limito a una sola cosa —respondió lady Haughston con una sonrisa de felino satisfecho—. Eso sería muy aburrido. Siempre salgo con la idea de explorar y buscar lo que haya por ahí. Quizá pudierais acompañarme mañana.

Constance la miró con verdadero asombro.

—¿Disculpad?

—Acompañarme de tiendas —repitió la dama con una suave carcajada—. No debéis mirarme así. Os prometo que no será nada horrible.

—Yo... lo siento —dijo Constance, ruborizándose de nuevo—. Debéis de creer que soy una boba. Lo que ocurre es que vuestro ofrecimiento me ha tomado por sorpresa. De hecho, me gustaría mucho ir con vos, aunque creo que debo deciros que se me dan muy mal las compras.

—No tenéis que preocuparos —respondió lady Haughston con los ojos brillantes—. Os aseguro que yo soy lo bastante experta como para comprar por las dos.

Constance sonrió. No sabía con exactitud qué estaba ocurriendo, pero la expectativa de pasar un día entero lejos de su tía y sus primas era deliciosa. Y Constance era humana, así que no pudo evitar sentir cierta satisfacción perversa al pensar en la cara que pondría su tía cuando supiera que Constance había sido elegida por una de las mujeres más aristocráticas y conocidas de Londres.

—Entonces, decidido —continuó lady Haughston—. Pasaré a buscaros mañana, digamos que a la una, e iremos de compras.

—Sois muy amable.

Francesca sonrió y le apretó la mano a Constance para despedirse. Después, se marchó. Constance observó cómo se alejaba, sin entender por qué lady Haughston estaba interesada en ella. Sin embargo, pensó que podría resultar interesante averiguarlo.

Se volvió y miró hacia el lugar en el que habían quedado sus tíos y sus primas, y los divisó entre la multitud. Entonces pensó que su tía no sabría exactamente en qué momento se habían separado lady Haughston y ella. Quizá pudiera pasar un poco más de tiempo alejada de ellos sin exponerse a la censura de la tía Blanche.

Constance miró a su alrededor y vio una puerta que se abría al pasillo. Avanzó entre la gente y la atravesó. Después de recorrer aquel pasillo, descubrió otro más estrecho, y en él, una puerta doble y parcialmente abierta. Constance se dio cuenta de que era una biblioteca. Con una sonrisa en los labios, entró. Era una gran biblioteca, en efecto, con estanterías repletas de libros que llegaban hasta el techo y que cubrían las cuatro paredes salvo en los lugares ocupados por las altísimas ventanas. Y, suspirando de puro placer, se puso a contemplar los volúmenes que ocupaban las baldas.

Su padre había sido un hombre cultivado, mucho más dispuesto a meter la nariz entre las páginas de un libro que a ocuparse de la contabilidad de su finca. La biblioteca de su casa también había estado llena de libros de todos los tamaños y temas, pero aquella estancia era mucho más pequeña, y no podía contener ni un tercio de los libros que había allí.

Constance se paseó por las estanterías de la pared opuesta a la puerta, y estaba leyendo los títulos cuando oyó unos pasos apresurados que se acercaban por el pasillo. Un momento después, un hombre irrumpió en la habitación con una expresión de angustia. Miró a su alrededor durante unos instantes y se fijó en Constance, que se había quedado muy sorprendida.

Él se puso un dedo sobre los labios para indicarle que guardara silencio y se escondió tras la puerta.

Constance, perpleja, no supo cómo reaccionar. Se dirigió hacia la salida de la biblioteca, pero en aquel mismo momento hizo aparición una mujer de baja estatura, regordeta, vestida con un traje rosa de satén muy poco favorecedor. La mujer miró acusadoramente a Constance y le espetó:

—¿Habéis visto al vizconde?

—¿Aquí? ¿En la biblioteca? —le preguntó Constance, arqueando las cejas.

La otra mujer se mostró escéptica.

—Parece algo improbable —admitió. Después miró a ambos lados del pasillo y al interior de la biblioteca—. Pero estoy segura de que he visto a lord Leighton entrar aquí.

—Había un hombre corriendo por el pasillo hace un momento —dijo Constance—. Probablemente ha entrado en el corredor principal.

La mujer entrecerró los ojos.

—Seguro que se ha ido al salón de fumadores.

Se volvió y, apresuradamente, continuó con su persecución.

Cuando el sonido de sus pasos se acalló, el hombre salió de detrás de la puerta y dejó escapar un suspiro de alivio.

—Querida señora, os estaré eternamente agradecido —le dijo a Constance con una encantadora sonrisa.

A Constance también se le escapó una sonrisa. Era un hombre muy guapo, y tenía unos modales muy agradables. Era más alto que la media, y esbelto, con un cuerpo fibroso que insinuaba una fuerza física considerable. Iba vestido con elegancia; llevaba un traje negro y una camisa blanca, y un pañuelo anudado al cuello, sofisticado pero sin los adornos y volantes de un dandi. Tenía los ojos muy azules, y la boca amplia y expresiva. Cuando sonreía, como en aquel momento, se le formaba un hoyuelo en la mejilla y le brillaban los ojos, señales que seguramente conseguirían que todo el mundo se uniera a su buen humor. Tenía el pelo rubio oscuro, con mechones más claros, y un poco más largo de lo que hubiera sido aconsejable por la moda reinante.

A Constance le pareció una persona muy atractiva y encantadora, y pensó que, seguramente, él conocía el efecto que les producía a los demás, sobre todo a las mujeres. Ella sintió un tirón de atracción visceral, cosa que demostraba el poder de aquel hombre, pensó, y decididamente, intentó controlar los nervios que le atenazaban el estómago. Tenía que ser inmune a las sonrisas de coqueteo que pudieran dirigirle los hombres, porque, después de todo, ella no era un buen partido para nadie, y cualquier otra opción era inaceptable.

—Presumo que sois el vizconde Leighton… —le dijo con ligereza.

—Ah, así es, para mi castigo —respondió él, y le hizo una amable reverencia—. ¿Y cuál es vuestro nombre, señora?

—Soy señorita —respondió ella—, y sería impropio, me parece, decírselo a un extraño.

—Ah, pero no tan impropio como estar a solas con un extraño, como estáis ahora —replicó él—. Sin embargo, una vez que me hayáis dicho vuestro nombre, ya no seremos extraños, y entonces, todo será perfectamente respetable.

Ella se rió ante aquel razonamiento.

—Soy la señorita Woodley, milord. La señorita Constance Woodley.

—Señorita Constance Woodley —repitió él—. Ahora debéis ofrecerme vuestra mano.

—¿De veras? ¿Debo hacerlo? —preguntó Constance, divertida. No recordaba cuándo había coqueteado por última vez con un hombre, y lo encontró muy estimulante.

—Oh, sí —dijo él, gravemente—. Porque, si no lo hacéis, ¿cómo voy a inclinarme ante ella?

—Pero si ya habéis hecho una perfecta reverencia —señaló Constance.

—Sí, pero no mientras tenía la gran fortuna de estar en posesión de vuestra mano —replicó él.

Constance le tendió la mano, diciendo:

—Sois un individuo muy persistente.

Él le tomó la mano y se inclinó sobre ella, sujetándosela durante un poco más de lo que hubiera sido adecuado. Cuando la soltó, sonrió, y Constance sintió la calidez de su sonrisa por todo el cuerpo, hasta las puntas de los dedos de los pies.

—Ahora somos amigos, así que todo es muy propio.

—¿Amigos? Sólo somos conocidos —afirmó Constance.

—Ah, pero me habéis salvado de lady Taffington. Eso os convierte en mi amiga.

—Entonces, como amiga, puedo tomarme la libertad de preguntaros por qué os estabais escondiendo de lady Taffington en la biblioteca. No parecía una mujer tan terrorífica como para ahuyentar a un hombre.

—Si decís eso es porque no conocéis a lady Taffington. Es la más terrible de las criaturas: una madre decidida a casar a su hija.

—Entonces, debéis tener cuidado de no tropezar con mi tía —le advirtió Constance.

Él se rió.

—Me temo que están por todas partes. La perspectiva de un futuro condado es más de lo que pueden resistir.

—Algunos pensarían que no está ser tan solicitado.

Él se encogió de hombros.

—Quizá... si la persecución tuviera algo que ver conmigo, y no con mi título.

Constance sospechó que a lord Leighton lo solicitaban por algo más que por su título. Después de todo, era un hombre guapísimo y encantador. Sin embargo, le pareció muy atrevido decir algo así.

Como ella se quedó en silencio, él continuó:

—¿Y para quién intenta vuestra tía cazar marido? —le preguntó a Constance, y miró su dedo sin alianza antes de decirle—: No para vos, seguramente. Me parece que sería una tarea muy fácil, si éste fuera el caso.

—No, no para mí. Yo ya he pasado esa edad —dijo, y sonrió un poco para suavizar las palabras—. Yo sólo he venido a ayudar a tía Blanche como señora de compañía de sus hijas. Están en su debut.

Él arqueó una ceja.

—¿Vos? ¿Señora de compañía? —le preguntó, y sonrió también—. Espero que me perdonéis lo que voy a decir, pero eso es absurdo. Vos sois demasiado joven y bonita para ser una señora de compañía. Me temo que vuestra tía se dará cuenta de que los pretendientes de sus hijas visitan la casa para veros a vos.

—Y vos, señor, sois un adulador —dijo Constance, y miró hacia la puerta—. Debo irme.

—¿Me abandonáis? Vamos, no os marchéis todavía. Seguro que vuestras primas podrán vivir un poco más sin vuestro acompañamiento.

A decir verdad, Constance no sentía muchos deseos de marcharse. Era mucho más entretenido charlar con aquel vizconde tan guapo que ver cómo sus primas hablaban y coqueteaban. Sin embargo, temía que si se quedaba demasiado tiempo, su tía iría a buscarla, y lo último que quería era que la tía Blanche la encontrara allí, a solas con un hombre extraño. Además, no deseaba en absoluto que su tía conociera a lord Leighton y se convirtiera en una más del grupo de señoras que lo perseguían para casarlo con una de sus hijas.

—Sin duda, pero yo estoy descuidando mi deber —respondió ella, y le tendió la mano—. Adiós, milord.

—Señorita Woodley —dijo él con una gran sonrisa, y le tomó la mano—. Me habéis alegrado la noche considerablemente.

Constance le devolvió la sonrisa, sin saber que el hecho de disfrutar de aquellos momentos le había conferido brillo a sus ojos y rubor a sus mejillas. Ni siquiera la severidad de su vestido y de su peinado pudo enmascarar su atractivo.

Él no le soltó la mano inmediatamente; se quedó mirándola con fijeza, y entonces, para sorpresa de Constance, se inclinó hacia ella y la besó.

Constance se quedó inmóvil. Aquel beso fue algo tan inesperado que ella no se apartó, y después de un momento se dio cuenta de que no quería hacerlo. Sentía los labios de aquel hombre de una manera ligera y suave, pero el contacto le produjo un cosquilleo por todo el cuerpo. Pensó que él sería quien se apartara, pero, para su sorpresa, tampoco lo hizo. En vez de eso, la besó cada vez más profundamente, hundiendo los labios en los de Constance, y con suavidad, inexorablemente, consiguiendo que su boca se abriera para él. Constance alzó las manos por instinto y las apoyó en su torso.

Sabía que tenía que empujarlo con indignación, pero en vez de eso, se agarró a las solapas de su chaqueta y se aferró al caudal de sensaciones que la embargaban. Él le posó la mano en la cintura, y con la otra le sujetó la nuca mientras seguía besándola.

Con sinceridad, Constance se alegró de que él la sujetara, porque tenía la sensación de que iban a fallarle las rodillas. Nunca se había sentido de aquella manera, ni siquiera cuando tenía diecinueve años y se había enamorado de Gareth Hamilton. Gareth la había besado cuando le había pedido que se casara con él, y Constance había pensado que nada podría ser tan dulce como aquel beso. Le había resultado más difícil rechazar a su pretendiente para poder cuidar a su padre durante su enfermedad.

Sin embargo, el abrazo de lord Leighton no era

dulce en absoluto; era fuerte y exigente. Y la estaba marcando a fuego con su beso. Aunque Constance apenas conocía a aquel hombre, estaba temblando y había perdido la capacidad de pensar con claridad.

Él alzó la cabeza, y durante un largo momento se miraron el uno al otro, más afectados y temblorosos de lo que hubieran querido admitir. Leighton tomó aire y se apartó de ella. Constance lo miró con los ojos abiertos de par en par, incapaz de hablar. Después se dio la vuelta y salió corriendo de la biblioteca.

No había nadie en el pasillo, afortunadamente. Constance no quería imaginarse qué aspecto tenía. Si se parecía a lo que sentía por dentro, entonces estaba segura de que todo el mundo se quedaría mirándola. El corazón le latía aceleradamente y tenía los nervios de punta.

Constance se acercó a uno de los espejos que había colgados en la pared y contempló su reflejo. Tenía los ojos suaves y brillantes, y las mejillas y los labios enrojecidos. Se dio cuenta de que estaba más guapa. ¿Sería tan evidente como para que la gente supiera lo que había hecho?

Con las manos temblorosas, se atusó el moño. Después respiró profundamente varias veces e intentó calmarse y ordenar sus pensamientos.

¿Por qué la habría besado lord Leighton? ¿Acaso

no era más que un mujeriego, un seductor que había querido aprovecharse de una mujer en una situación vulnerable? A Constance le resultaba difícil creerlo. Él había sido tan agradable... no era sólo un hombre guapo, sino que tenía un brillo especial en la mirada y un gran sentido del humor. Sin embargo, quizá los calaveras fueran así. Aquello tenía sentido. Sin duda, era mucho más fácil seducir a alguien siendo encantador.

Sin embargo, Constance no podía creer algo así de lord Leighton. Cuando se había apartado de ella, después de besarla, tenía una expresión de sorpresa en el rostro, como si él tampoco esperara lo que había sucedido. Y no había intentado seducirla después, aunque ella no hubiera opuesto resistencia, tan ensimismada como estaba en el beso. Claramente, el hecho de que él hubiera interrumpido aquel beso probaba que era demasiado caballeroso como para aprovecharse de la situación.

Él había querido besarla, por supuesto, aunque hubiera sido un gesto impulsivo. Pero Constance recordó cómo el beso, que al principio sólo había sido un ligero roce, se había hecho más profundo y apasionado. ¿Acaso él sólo pretendía darle un besito, como una especie de travesura, y se había visto atrapado por el deseo, como ella?

Aquel pensamiento hizo que Constance sonriera. Le gustaría pensar que ella no había sido la única que se había visto atrapada por la pasión.

Se miró de nuevo en el espejo. ¿Sería posible que el vizconde Leighton la hubiera encontrado atractiva pese a la sencillez con la que iba vestida? Observó su rostro, de rasgos regulares y con una agradable forma oval. Constance no creía que pareciera mucho mayor de veinte años. Y había habido uno o dos hombres aparte de Gareth que, cuando era joven, le habían dicho que tenía unos hermosos ojos y que su pelo era muy brillante. ¿Habría visto Leighton que más allá de su actual falta de brillo había una joven bonita?

A ella le gustaría que la hubiera visto como una mujer atractiva y deseable, y no que hubiera pensado, sencillamente, que era un blanco fácil para sus atenciones.

Sin dejar de pensar en aquel encuentro, Constance recorrió el pasillo de vuelta al salón de baile. La estancia seguía abarrotada y el ambiente resultaba agobiante. Se abrió paso entre la gente y volvió con sus tíos.

Para su sorpresa, su tía no le reprochó que hubiera pasado demasiado tiempo alejada de ellos. En vez de eso, le dedicó a Constance una sonrisa resplandeciente y la tomó por el brazo para acercársela.

—¿Qué te ha dicho? —le preguntó su tía Blanche ansiosamente, inclinándose hacia ella para hacerse oír por encima del ruido. Después, sin esperar la respuesta de Constance, prosiguió—: ¡Pensar que lady Haughston se ha fijado en nosotros! Me quedé anonadada cuando lady Welcombe nos la presentó. Nunca hubiera esperado que una dama tan distinguida se percatara de nuestra existencia, y mucho menos que quisiera conocernos. ¿Qué te ha dicho? ¿Cómo es?

A Constance le costó un poco de esfuerzo recordar su paseo con lady Haughston por el salón. Lo que había ocurrido después se lo había quitado de la cabeza por completo.

—Es muy agradable —dijo Constance—. Me ha resultado muy simpática.

Se preguntó si debía decirle a su tía que lady Haughston le había propuesto ir de compras al día siguiente. En realidad, a Constance le parecía improbable que la mujer lo hubiera dicho en serio. La conversación había sido muy agradable, pero era absurdo pensar que una mujer de la posición de lady Haughston hiciera cualquier esfuerzo por convertirse en su amiga. Constance provenía de una familia respetable, por supuesto, cuyos antepasados provenían de la familia Tudor, pero el título de su padre había sido sólo de barón, y además no tenía una gran fortuna. Su padre y ella habían llevado una vida tranquila en el campo. De hecho, aquélla era la primera vez que Constance visitaba Londres.

La tía Blanche le hizo un sinfín de preguntas sobre su conversación con lady Haughston y se jactó de todo lo que su influencia podía hacer por Georgiana y Margaret; sin embargo, Constance no había notado ningún interés particular en sus primas por parte de la dama. De hecho, lady Haughston había requerido la compañía de Constance, aunque ella no tuviera ni la más mínima idea del motivo. No obstante, Constance no consideró una buena idea hacérselo notar a su tía.

Así pues, no dijo nada cuando la tía Blanche y las dos muchachas siguieron especulando alegremente sobre las ventajas que les reportaría el hecho de conocer a lady Haughston a la hora de aumentar su estatus, y sobre lo que podían hacer para mejorar su vestimenta para la siguiente salida. De hecho, apenas las escuchó durante el trayecto de vuelta a casa, porque sus propios pensamientos estaban muy lejos del carruaje y de su familia. Tampoco pensó en el interés que lady Haughston pudiera tener en ella, ni en si verdaderamente iría a buscarla al día siguiente para ir de compras, aunque en circunstancias normales, se habría hecho muchas preguntas sobre todo aquello.

Sin embargo, aquella noche, mientras bajaba del coche y subía las escaleras hacia su habitación de la casa que habían alquilado sus tíos, mientras se desvestía para ponerse el camisón y se cepillaba la espesa melena, tenía la mente puesta en los ojos azules y en la risa de cierto vizconde, y la pregunta que no la dejó conciliar el sueño hasta mucho después de acostarse fue si volvería a verlo alguna vez.

Constance se vistió con más atención de lo normal a la mañana siguiente. Aunque se había negado a confiar demasiado en que lady Haughston la visitara realmente, no iba a desechar la posibilidad por completo y a tener que marcharse con la mujer, finalmente, con uno de sus peores vestidos. Así que se puso el mejor traje de tarde que tenía, confeccionado en muselina de color marrón chocolate. Su orgullo no le permitía ser vista sin ningún estilo ni gracia en compañía de la elegante lady Haughston.

El reloj dio la una en punto y lady Haughston no apareció. Constance intentó no sentirse decepcionada. Después de todo, siempre había sido consciente de que la presentación de la noche anterior había sido una casualidad. Quizá lady Haughston hubiera pensado que ella era otra persona, o se hubiera apiadado de la muchacha a la que nadie sacaba a bailar, y aquella mañana no hubiera tenido interés en proseguir con la relación.

Sin embargo, a Constance le resultó difícil no sentirse abatida. A Constance le había agradado mucho lady Haughston y, además, era lo suficientemente sincera como para admitir que había sentido cierto orgullo al haber llamado la atención de una de las damas más célebres de la alta sociedad. Y, sobre todo, conocerla había aliviado un poco el aburrimiento que le suponía la vida en Londres.

Durante el tiempo que llevaban allí, Constance se había dado cuenta de que prefería la vida en el campo a la rutilante vida de la ciudad. Sólo asistía a las fiestas en calidad de acompañante, y nadie le prestaba más atención que al mobiliario; no le pedían un baile, ni la incluían en las conversaciones que su tía y sus primas mantenían con los demás invitados.

Durante el día se aburría igualmente. El ama de llaves a la que habían contratado en Londres llevaba la casa con eficiencia, y Constance no tenía demasiadas tareas; tampoco tenía las relaciones sociales que le habían ocupado parte del tiempo en el pasado: estaba acostumbrada a hacerles visitas de cumplido a los arrendatarios de su padre y a la gente del pueblo, como el pastor y su esposa, y al abogado que manejaba los asuntos de su padre. También solía visitar a sus amigos y conocidos. Sin embargo, en Londres no conocía a nadie aparte de su familia y, a decir verdad, no encontraba demasiado enriquecedora su compañía.

Así pues, en gran parte debido al aburrimiento, Constance había deseado aquella salida con lady Haughston con más ímpetu del que hubiera querido admitir. A medida que pasaban los minutos, su desánimo crecía.

Entonces, un poco antes de las dos, justo cuando Constance estaba pensando en subir a su habitación para escapar de una tonta discusión de sus primas, una doncella anunció la llegada de lady Haughston.

—¡Oh, Dios Santo! —exclamó la tía Blanche, sobresaltándose como si alguien la hubiera pellizcado—. Sí, sí, claro. Haz pasar a la señora —le dijo a la doncella mientras se atusaba el cabello y se alisaba la falda del vestido–. Recógete el pelo, Margaret. En pie, niñas. Constance, aquí, toma mi labor.

Constance se acercó a su tía para tomar del suelo la labor de bordado que se le había caído a su tía al saltar de la silla, y después la dobló cuidadosamente y la guardó en el costurero. Estaba inclinada y ligeramente vuelta cuando lady Haughston entró en la habitación. La tía Blanche se apresuró a recibirla, tomándole ansiosamente ambas manos.

–¡Mi señora! ¡Qué honor! Por favor, sentaos. ¿Puedo ofreceros un té?

–Oh, no –respondió lady Haughston, que estaba bellísima con un vestido de paseo en seda verde. Con una sonrisa, tiró de las manos suavemente y asintió para saludar a Georgiana y a Margaret–. No puedo quedarme. Sólo he venido un instante a recoger a la señorita Woodley. ¿Dónde está?

Miró más allá de la tía Blanche y vio a Constance.

–Ah, ahí estáis. ¿Nos vamos? No debo dejar esperando durante demasiado rato a los caballos, o el cochero me reprenderá –dijo, y sonrió ante lo absurdo de aquella afirmación, con los ojos azules muy brillantes–. Espero que no hayáis olvidado nuestra salida de compras…

–No, claro que no. No estaba segura… bueno, de que lo hubierais dicho en serio.

–¿Y por qué no? –preguntó lady Haughston, con las cejas arqueadas de asombro–. ¿Os referís a mi tardanza? Bueno, no debéis preocuparos. Todo el mundo os dirá que siempre llego asombrosamente tarde a todas partes. No sé el motivo.

Entonces se encogió de hombros con tanta gracia, que Constance dio por sentado que no mucha gente se molestaría por la impuntualidad de lady Haughston.

—¿Vais a ir de compras? ¿Con Constance? —preguntó, sin salir de su asombro, tía Blanche.

—Espero que no os importe —le dijo lady Haughston—. La señorita Woodley me prometió que me ayudaría a elegir un sombrero hoy por la tarde. Estoy indecisa entre los dos que he seleccionado.

—Oh —murmuró la tía Blanche—. Sí, bueno, por supuesto.

Se volvió hacia Constance con una mezcla de confusión e irritación en el semblante, mientras decía:

—Ha sido muy amable por vuestra parte invitar a mi sobrina.

Constance se sintió un poco culpable por no haberle mencionado a su tía la invitación de lady Haughston; sin embargo, no podía explicarle sus dudas en presencia de la dama. Así pues, dijo solamente:

—Lo siento, tía Blanche. Se me olvidó decírtelo. Espero que no te importe.

La tía Blanche no podía hacer otra cosa que permitir aquella expedición si quería gozar del favor de lady Haughston, y Constance esperaba que se diera cuenta. De lo contrario, su tía probablemente se negaría por enfado.

Sin embargo, lady Woodley fue lo suficientemente inteligente como para asentir.

—Pos supuesto que no, querida mía —le dijo a Constance, y después se volvió hacia lady Haughston—. No sé qué haría sin la ayuda de Constance. Es tan buena que ha accedido a venir a Londres para ayudarme con las niñas y ser su dama de compañía —dijo la tía Blanche, y miró con cariño a sus hijas—. ¡Es muy difícil mantener el ritmo de dos jóvenes tan animadas, y de tantas fiestas!

—Estoy segura de ello. ¿Asistiréis mañana al baile de lady Simmington? Espero que los veré a todos allí.

La tía Blanche siguió con la sonrisa pegada a los labios, aunque al oír las palabras de Francesca dio la impresión de que se había tragado un bicho. Finalmente, dijo:

—Yo... eh... me temo que he perdido la invitación.

—Oh, qué desafortunado. Bien, si queréis asistir, os daré mi invitación. No me gustaría perderme vuestra compañía mañana.

—¡Mi señora! —exclamó la tía Blanche, con la cara congestionada de felicidad. Lady Simmington era una anfitriona de importancia, y la tía Blanche había pasado gran parte de la semana lamentando el hecho de no haber recibido su invitación—. Eso es muy generoso por vuestra parte. Oh, vaya, por supuesto que iremos.

Su alegría fue tal que sonrió a su sobrina con verdaderas ganas al despedirse de ellas. Constance se puso rápidamente el sombrero y los guantes y siguió a lady Haughston antes de que a su tía se le ocurriera alguna excusa para enviar a sus primas con ellas.

Sin embargo, por muy contenta que estuviera Constance por poder escapar, finalmente, con lady Haughston, no pudo evitar preguntarse cuáles eran las intenciones de la dama. Claramente, el hecho de regalarle la invitación de uno de los bailes más exclusivos de la temporada social a su tía era un detalle muy generoso por parte de Francesca, aunque a lady Haughston nadie le negaría la entrada en una casa pese a que no llevara esa invitación. Sin embargo, ¿por qué lo habría hecho? Parecía una persona amistosa y buena, pero eso no explicaba el extraño interés que había demostrado por la familia de Constance.

No era verosímil que se hubiera sentido tan intrigada por Constance, por la tía Blanche o por sus hijas como para solicitar a la anfitriona de un baile que se las presentara. Y Constance apenas había hablado dos palabras con ella antes de que la aristócrata le pidiera que la acompañara a dar un paseo por el salón de baile. Después, para rematar aquel hecho tan sorprendente, le había preguntado si la acompañaría en una tarde de compras. Extrañamente, había cumplido con su palabra y había ido en busca de Constance, y, expertamente, se había metido a la tía Blanche en el bolsillo al ofrecerle la invitación para el baile de lady Simmington.

¿A qué jugaba lady Haughston? Y algo mucho más desconcertante todavía: ¿por qué?

Las dos mujeres se sentaron en el brillante carruaje negro de lady Haughston, y cuando el vehículo comenzó a moverse, Francesca se volvió hacia Constance.

—En realidad, es cierto que he visto dos preciosos sombreros en la sombrerería —le dijo—, pero tenemos tiempo de sobra para detenernos en cualquier otro lugar. ¿Vamos a Oxford Street? ¿Qué os gustaría comprar?

Constance sonrió.

—Me conformo con ir donde vos queráis, señora. No deseo comprar nada en particular.

—Oh, pero no podemos descuidaros —le dijo Francesca alegremente—. Seguramente, necesitaréis lazos, o unos guantes, o algo por el estilo —comentó, y miró pensativamente a Constance—. Un poco de encaje para el cuello de ese vestido, por ejemplo.

Sorprendida, Constance se miró el vestido marrón

chocolate. Ciertamente, sería mucho más bonito con un poco de encaje en el cuello y en las mangas. Un encaje color champán, por ejemplo.

Sacudió la cabeza al mismo tiempo que, sin darse cuenta, dejaba escapar un ligero suspiro.

—Me temo que entonces no sería lo suficientemente sencillo.

—¿Sencillo? —preguntó Francesca con consternación—. No seréis cuáquera, ¿verdad?

Constance se rió.

—No, señora. No soy cuáquera. Sin embargo, no es apropiado que una dama de compañía llame la atención.

—¡Dama de compañía! —exclamó Francesca—. Querida, ¿de qué estáis hablando? Sois demasiado joven y guapa como para ser una mera acompañante.

—Mi tía necesita que la ayude. Tiene dos hijas debutantes.

—¿Ayudarla? ¿A qué? ¿A mirar cómo las niñas bailan y charlan? Me parece que os tomáis demasiado en serio este asunto. Estoy segura de que ella no espera que os quedéis inmóvil durante todos los bailes. Debéis bailar mañana, en la fiesta de lady Simmington. Sus músicos siempre son excelentes. Yo hablaré con vuestra tía.

Constance se ruborizó.

—Dudo que alguien me pidiera un baile, señora.

—Tonterías. Claro que sí. Sobre todo, cuando hayamos animado un poco vuestro vestuario. Tengo un vestido de satén azul que ya me he puesto demasiado, y temo que debo desprenderme de él. Sin embargo, a vos os sentaría maravillosamente. Mi doncella hará algunos arreglos, lo cambiará un poco para que nadie lo reconozca. Debéis venir a mi casa antes de la fiesta y dejar que ella lo arregle para vos.

—¡Mi señora! Eso es demasiado amable por vuestra parte. No puedo aceptar un regalo tan generoso.

—Entonces, no será un regalo. Podréis devolvérmelo cuando termine la temporada. Y, por favor, ya está bien de formalidades. Tuteémonos.

Constance se quedó mirándola con un desconcierto total.

—Yo… no sé qué decir.

—Bien, ¿qué te parece algo como «gracias por el vestido, Francesca»? —le respondió su interlocutora con una sonrisa.

—Os lo agradezco… te lo agradezco mucho, pero yo…

—¿Qué? ¿No quieres ser mi amiga?

—¡No es eso! —respondió apresuradamente Constance—. Me gustaría mucho ser tu amiga. Sin embargo, eres demasiado generosa.

—Estoy segura de que hay personas que te dirían que no soy generosa en absoluto —replicó Francesca.

—Haces que resulte muy difícil decir que no —le dijo Constance.

Francesca sonrió mostrando sus blanquísimos dientes.

—Lo sé. He estado muchos años practicando. Ah, ya hemos llegado a la sombrerería. Ahora, deja ya las protestas y ayúdame a decidir entre esos dos sombreros.

Constance siguió a lady Haughston al interior del establecimiento. La dependienta las saludó con una sonrisa y, unos momentos después, una mujer de mediana edad que, evidentemente, era la propietaria, salió de la trastienda a atenderlas en persona.

Francesca se probó los dos sombreros en los que estaba interesada. Uno era de terciopelo azul oscuro, con un ala estrecha de la cual colgaba un delicado velo de encaje que cubría los ojos. El otro era un sombrerito de paja rematado con seda azul y con un lazo que se ataba a la barbilla. Ambos favorecían mucho los ojos azules de Francesca, y Constance también se vio incapaz de inclinarse por alguno.

—Pruébatelos tú —le sugirió Francesca—. Deja que vea cómo quedan.

Constance quiso protestar, pero, en realidad, deseaba ver cómo le quedaría el sombrerito de paja. Cuando se lo probó, no pudo evitar sonreír al verse en el espejo.

—¡Oh! —exclamó lady Haughston, aplaudiendo—. ¡Te queda perfectamente! Tú eres quien debe quedarse con él. Yo me llevaré el de terciopelo azul.

Constance titubeó mientras se miraba en el espejo.

El remate y el forro azul de seda favorecían tanto a unos ojos grises como a unos azules, pensó. Era un sombrero precioso, y ella no se había comprado uno desde hacía mucho tiempo. Quizá pudiera gastar algo de dinero.

Sin embargo, finalmente y con un suspiro, sacudió la cabeza.

—No, me temo que debe de ser muy caro.

—Oh, estoy segura de que no. Creo que el precio está rebajado, ¿no es así, señora Downing? —le preguntó Francesca a la propietaria de la sombrerería, volviéndose hacia ella.

La señora Downing, que era consciente de los beneficios que entrañaba tener a lady Haughston como clienta, sonrió y asintió.

—Pues sí. Tenéis razón, señora. El precio es... eh... un tercio menor de lo que indica la etiqueta —dijo. Al ver la sonrisa de Francesca, asintió nuevamente—. Eso es. Un tercio menos. Una verdadera ganga.

Constance miró el precio e hizo un rápido cálculo mental. Nunca había gastado tanto dinero en un sombrero. Sin embargo, tampoco había visto nunca un sombrero tan bonito y elegante como aquél.

—Está bien —convino, despidiéndose de los ahorros de aquel mes—. Me lo llevaré.

Francesca se quedó encantada con la compra de Constance, y a su vez adquirió el sombrero de terciopelo azul. Después se empeñó en comprar un ramillete de capullitos de seda para que Constance se adornara el pelo.

—Tonterías —dijo cuando Constance comenzó a protestar—. Te quedarán perfectos con el vestido azul que te voy a prestar. Es un regalo. No puedes rechazarlo.

Una vez realizada la compra, Constance y Francesca volvieron al coche con las cajas de los sombreros y ocuparon sus asientos. Cuando se pusieron en marcha, Constance se volvió hacia su nueva amiga.

—Señora... Francesca, ¿por qué estás haciendo esto?

Lady Haughston la miró con una expresión de suprema inocencia.

—¿Haciendo qué, querida?

—Todo esto —dijo Constance, e hizo un gesto vago a su alrededor—. Invitarme a salir contigo esta tarde. Ofrecerme un vestido. Invitar a mi familia al baile de lady Simmington.

—Vaya, porque me caes muy bien —respondió Francesca—. ¿Por qué iba a tener otro motivo?

—No lo sé —respondió Constance sinceramente—. Pero no puedo creerme que nos vieras a mi tía, a mis primas y a mí en el baile y te sintieras tan encantada con nosotras como para hacer que lady Welcombe nos presentara.

Francesca miró pensativamente a Constance y suspiró.

—Muy bien. Tienes razón. Tenía una razón para

querer conocerte. Me agradas mucho; eres una joven encantadora y tienes una mirada inteligente y de buen humor. Me gustaría ser tu amiga. Pero no es ésa la razón por la que me acerqué a conocerte. La verdad es que... hice una apuesta con alguien.

—¿Una apuesta? —repitió Constance, desconcertada—. ¿Acerca de mí? ¿Qué tipo de apuesta?

—Estaba fanfarroneando. Debería aprender a contener la lengua —admitió Francesca—. Rochford me desafió y... bueno, aposté con él que podría encontrarte un marido antes de que terminara la temporada.

Constance se quedó boquiabierta. Durante un instante no supo qué pensar ni qué decir.

—Lo siento —dijo Francesca al tiempo que apoyaba una mano, con un gesto conciliador, sobre el brazo de Constance—. Sé que no debería haberlo hecho, y lo lamenté al instante. Y tienes todo el derecho a enfadarte conmigo. Sin embargo, te ruego que no lo hagas. No quería hacerte daño, de veras.

—¡Que no querías hacerme daño! —exclamó Constance, enfadada y resentida—. No, claro que no. ¿Por qué iba a importarme que me pusieras en ridículo delante de todo el mundo?

—¿En ridículo? —repitió lady Haughston, alarmada—. ¿Por qué piensas eso?

—¿Y qué otra cosa voy a pensar si me has hecho objeto de una apuesta pública?

—Oh, no, no. No fue pública en absoluto. Fue algo

entre Rochford y yo, únicamente. Nadie más lo sabe, te lo aseguro –le aseguró Francesca con sinceridad–. Y te prometo que él no se lo contará a nadie. Nunca he conocido a un hombre más hermético –dijo con cierta exasperación.

–¿Y se supone que con eso se arregla todo? –preguntó Constance.

Francesca le había agradado mucho desde el principio, y después de saber aquello, se sentía traicionada. Aunque había tenido unas dudas razonables sobre la actitud de la dama, a Constance le parecía humillante que lady Haughston no hubiera buscado su amistad sino que sólo la estuviera usando como prueba de sus habilidades como celestina.

–¿Por qué fui yo la elegida? ¿Acaso era la mujer con menos posibilidades de encontrar marido de todo el baile?

–¡No, por favor, no debes pensar eso! –exclamó Francesca, angustiada–. Oh, lo he estropeado todo. La verdad es que hicimos la apuesta y después Rochford eligió a la mujer. Cuando te eligió a ti yo me sentí muy aliviada, porque pensé que iba a seleccionar a una de tus primas, y entonces la tarea sí hubiera sido formidable. No sé por qué te eligió a ti, aparte de que estuvieras claramente relegada a un segundo plano por tu tía y tus primas. Rochford debió de pensar que, por parte de tu familia, yo no obtendría ninguna ayuda.

—Eso es muy cierto —dijo Constance, sin poder disimular su amargura.

—Mi querida Constance —Francesca le tomó una mano y se la estrechó suavemente—. Yo supe, al instante, que él había cometido una tontería al elegirte, porque convertirte en una de las bellezas de la temporada sería pan comido para mí. Es muy difícil darle a una persona ingenio o belleza cuando no tiene ninguna de las dos cosas. Sin embargo, estar a falta de una fortuna no es algo difícil de superar, al menos cuando se tiene estilo, inteligencia y una buena figura, además de belleza.

—No vas a conseguir engatusarme con halagos —le advirtió Constance. Sin embargo, le estaba resultando difícil continuar enfadada con lady Haughston. Aquella mujer era muy honesta, y tenía una sonrisa difícil de resistir.

—No estoy intentando engatusarte —le aseguró Francesca.

—Entonces, ¿qué pretendes?

—Sólo sugiero que tú y yo unamos fuerzas. Que trabajemos juntas para encontrarte un marido.

—¿Quieres que te ayude a ganar la apuesta? —le preguntó Constance con incredulidad.

—No. Quiero decir, sí, claro que quiero, pero ése no es el motivo por el que tú desearías ayudarme.

—Yo no deseo ayudarte —afirmó Constance.

—Ah, pero deberías. Quizá yo sólo gane una apuesta, pero los beneficios para ti son mucho más grandes.

Constance la miró con escepticismo.

—No esperarás que crea que voy a conseguir un marido con todo esto.

—¿Y por qué no?

Constance arrugó la nariz.

—No me gusta demasiado enumerar mis desventajas, aunque sé que son evidentes. No tengo fortuna. Ya se me ha pasado la edad para casarme, y no soy ninguna belleza. Sólo estoy en Londres para ayudar a que mis primas se casen. Soy su acompañante, no una jovencita en su debut.

—La falta de fortuna es un obstáculo —admitió Francesca—, pero no es imposible de superar. En cuanto a tu aspecto, bien, si te peinas adecuadamente y buscas algo que exhiba tu atractivo físico, en vez de esconderlo, serías una mujer muy atractiva. Y tampoco parecerías mucho mayor que tus primas. Dime una cosa, ¿quién ha decidido que siempre vistas de marrón y de gris?

—A mi tía le parece más apropiado para una soltera, aunque no me obligue a vestir así.

—Pero tú, por supuesto, sientes ciertas obligaciones hacia ella, porque vives bajo su techo.

—Sí, pero... no sólo es eso. Tampoco quiero parecer una tonta.

—¿Una tonta? ¿Por qué?

Constance se encogió de hombros.

—Estoy acostumbrada a vivir en el campo. No tengo

ninguna sofisticación. De hecho, nunca había estado en Londres. No tengo ganas de dar un traspiés ante toda la alta sociedad. No quiero hacer el ridículo vistiéndome de una manera poco apropiada para una mujer de mi edad.

–Querida Constance, si te vistes de acuerdo a mis consejos, te aseguro que nadie pensará que tu apariencia es poco apropiada.

Constance no pudo contener una suave carcajada.

–Estoy segura de que no, Francesca, pero la verdad es que he abandonado cualquier esperanza de casarme.

–¿Quieres pasarte el resto de la vida viviendo con tus tíos? Estoy segura de que estás muy agradecida hacia ellos, pero no creo que seas muy… feliz con ellos.

Constance le lanzó una mirada de remordimiento.

–¿Es tan evidente?

–Las diferencias que hay entre vosotros son muy claras –le dijo Francesca sin ambages–. Una no puede ser feliz viviendo con gente con la que se tiene tan poco en común. Además, yo no pienso que tus tíos se hayan portado bien contigo. Anoche me dijiste que no te presentaste en sociedad porque tu padre se puso enfermo. Tú fuiste una hija buena y cariñosa. Pero, cuando tu padre falleció y fuiste a vivir con tus tíos, ¿cuántos años tenías?

–Veintidós. Demasiado tarde para mi debut.

—No era demasiado tarde para asistir a tu primera temporada social —replicó Francesca—. Si hubieran querido portarse bien contigo, ellos habrían procurado que tuvieras esa oportunidad. Sé que no debería hablar mal de tus parientes, pero tengo que decirte que me parece que tus tíos fueron unos egoístas. Se ahorraron el gasto de una temporada y te mantuvieron en su casa para que estuvieras a su entera disposición, cuidando a sus hijas y haciendo los recados. Y ahora, en vez de dejar que disfrutes en las fiestas, tu tía te ha obligado a ser la dama de compañía de tus primas, asegurándose de que llevaras ropa oscura y el pelo sin arreglar —dijo. Después miró a Constance con perspicacia y añadió—: Claro que quiere que estés lo más sosa posible. Ya les haces sombra a sus hijas de esta manera.

Constance se movió con incomodidad en el asiento. La descripción que lady Haughston había hecho de su vida con la tía Blanche era muy acertada.

—No puedes pasarte la vida viviendo con ellos —prosiguió Francesca, aprovechando la oportunidad del silencio de Constance—. Además, a mí me parece que eres una mujer independiente y con opiniones propias. ¿No deseas tener tu propia casa, tu propia vida? ¿Un marido e hijos?

Constance recordó aquel breve tiempo, años atrás, con Gareth, cuando ella había creído que aquella vida podía ser la suya.

—Nunca he querido casarme sólo para alcanzar una posición en la vida —le dijo Constance calladamente—. Quizá creerás que soy tonta, pero me gustaría casarme por amor.

Constance no consiguió descifrar el significado de la mirada de lady Haughston mientras la contemplaba.

—Espero que encuentres el amor —le dijo la dama gravemente—, pero se ame o no se ame, el matrimonio le proporciona independencia a una mujer. Tendrás un lugar en la vida, un estatus que no se puede encontrar ni siquiera en la más feliz de las situaciones, con unos padres cariñosos y ricos. Y no hay comparación, por supuesto, con el hecho de vivir bajo la supuesta protección de unos parientes exigentes y egoístas.

—Lo sé —respondió Constance en voz baja—. Pero no puedo atarme a un hombre sin quererlo para toda la vida.

Francesca apartó la mirada. Finalmente, después de un largo instante, dijo:

—En realidad, no hay razón para pensar que una no puede encontrar a un marido al que quiera durante la temporada social. Nadie te obligará a casarte con el primero que te lo pida. Pero, ¿no querrías tener la oportunidad de buscarlo? ¿No crees que es justo que experimentes aquello que te has perdido?

Aquello le tocó una fibra sensible a Constance. Ella se había quedado con su padre durante sus años de enfermedad, y había intentado por todos los medios no sentir melancolía por cómo podrían haber sido las cosas. Sin embargo, no podía negar que, en ciertos momentos, se había preguntado cómo habrían sido las cosas si hubiera podido presentarse en sociedad en Londres. No había podido evitar el deseo de experimentar algo de aquel glamour.

Francesca, al notar la vacilación de Constance, siguió exponiendo sus argumentos.

—¿No te gustaría disfrutar de una temporada, de llevar vestidos bonitos y coquetear con tus pretendientes? ¿No te gustaría bailar con los mejores partidos de toda Inglaterra?

Constance pensó en el vizconde Leighton. ¿Cómo sería coquetear con él? ¿Bailar con él? Deseaba con todas sus fuerzas verlo de nuevo, llevando ropa bonita y el pelo cayéndole alrededor de la cara en tirabuzones.

—Pero, ¿cómo voy a tener yo una temporada social? —le preguntó a Francesca—. He venido a Londres en calidad de acompañante de mis primas. Y mi ropa…

—Eso déjamelo a mí. Yo me aseguraré de que recibas invitaciones para las fiestas adecuadas. Y estaré allí para guiarte por entre las aguas peligrosas de la alta sociedad. Te convertiré en la mujer más solicitada de Londres.

Constance se rió.

—No creo que pudiera convertirme en esa criatura, por mucho que tú te esforzaras.

Francesca le lanzó una mirada de altivez.

—¿Acaso dudas de mi habilidad?

Constance supuso que si alguien podía conseguir lo que Francesca le había dicho, era la misma Francesca. Y de todos modos, aunque no la convirtiera en la mujer más solicitada de Londres, sí podía ayudarla a experimentar vivencias mucho más interesantes de la temporada social que las que estaba experimentando con su familia. Por supuesto, la tía Blanche se molestaría. Aquella idea le produjo a Constance una ligera y perversa satisfacción.

—Yo me encargaré de tu tía —continuó Francesca, como si le hubiera leído el pensamiento a Constance—. Creo que ella no se quejará, porque tu familia, al fin y al cabo, recibirá las mismas invitaciones que tú. Y ella no querrá ir en mi contra. Si te elijo como amiga, no creo que se oponga. En cuanto a la ropa, puede que no te lo creas, pero soy muy buena economizando. Repasaremos tu guardarropa y veremos cómo podemos conseguir que tus vestidos sean más atractivos. Por ejemplo, el vestido que llevabas anoche, con un escote ligeramente más bajo y un poco de encaje por aquí y por allá, parecerá otra cosa. Mi doncella Maisie es una maravilla con la aguja. Ella sabrá qué hacer. Mañana enviaré a mi carruaje a buscarte y traerás tus mejores vestidos a mi casa. Veremos lo que podemos hacer con tus cosas y veremos qué vestidos míos podemos usar.

Constance sintió entusiasmo. Pensó en sus ahorros. Podía usar algo de aquel dinero para comprar uno o dos vestidos bonitos. Algo que pudiera hacer que un hombre, por ejemplo, lord Leighton, se acercara a ella desde el otro extremo del salón de baile. Aunque eso significara que tenía que vivir unos meses más con sus tíos, o quizá unos años más, al menos tendría un maravilloso verano que recordar. Una temporada llena de diversión y emoción, unos recuerdos que durarían toda la vida.

Constance se volvió hacia Francesca.

—¿Y harías todo esto para ganar la apuesta?

Francesca sonrió.

—Esto es algo más que una simple apuesta. Es algo acerca de un caballero al que quiero demostrar que está equivocado. Además, será divertido. Entonces, ¿quieres hacerlo?

Constance titubeó durante un momento y después respiró profundamente.

—Sí. Sí, quiero tener una temporada de verdad.

Francesca sonrió nuevamente.

—Maravilloso. Entonces, comencemos ya.

Constance pasó el resto del día en una orgía de compras. Para sorpresa de Constance, lady Haughston resultó ser toda una experta adquiriendo gangas. Sólo fueron necesarias unas palabras y una sonrisa para su modista favorita y la mujer redujo considerablemente el precio del vestido que interesaba más a Constance. Además, la señorita de Plessis también sacó un vestido de fiesta que le habían encargado pero que no habían pagado ni recogido, y que accedió a venderle a Constance por una pequeña fracción de su precio original.

Después, Francesca y Constance se dirigieron a tiendas más baratas donde encontrar complementos para su guardarropa. Su siguiente parada fue Grafton House, donde compraron encajes, lazos, pasamanería, botones y todo lo necesario para animar los vestidos de Constance, además de guantes y un par de abanicos.

Cuando terminaron las compras, aquella tarde, Constance estaba exhausta, pero casi embriagada de emociones. Estaba impaciente por llegar a casa y repasar todo lo que había adquirido.

—Me siento decadente —le dijo a Francesca, sonriendo, mientras salían de la última tienda y se dirigían al carruaje—. Nunca había derrochado tanto.

—Deberías hacerlo más a menudo. A mí me parece que derrochar es un buen estimulante para el alma. Me aseguro de hacerlo a menudo.

El cochero tomó las bolsas de Constance y de Francesca y las colocó en el pescante, junto a su asiento, puesto que el maletero y parte de los asientos interiores ya estaban llenos. Francesca tomó la mano que le ofrecía el sirviente para subir al carruaje cuando oyó una voz masculina que la llamaba.

—¡Francesca!

Lady Haughston se detuvo y se volvió hacia el hombre. Su rostro se iluminó y le dedicó una sonrisa espléndida.

—¡Dominic!

—Francesca, querida. ¿De compras otra vez?

Constance se giró también hacia el hombre que caminaba hacia ellas quitándose el sombrero. Él le tomó la mano a Francesca y la sonrió con una calidez y un afecto evidentes.

Constance se quedó mirándolo, sorprendida. La quiere, pensó, con una profunda consternación.

—Parece que ésa es la única forma en que puedo verte —dijo Francesca , riéndose—. Nunca vas a verme. Eres el hombre más despegado del mundo.

Él se rió también.

—Sé que soy incorregible. Detesto hacer visitas.

—Mira, quiero presentarte a alguien —le dijo Francesca, volviéndose hacia Constance.

El hombre siguió su mirada y abrió los ojos de par en par.

—¡Señorita Woodley!

—Lord Leighton.

—¿Os conocéis? —preguntó Francesca, asombrada.

—Nos conocimos anoche —respondió Constance, con la esperanza de que su tono de voz sonara natural.

Era algo absurdo que se sintiera tan abatida por el hecho de que el vizconde Leighton y lady Haughston tuvieran una relación, evidentemente, tan cercana. En realidad, no había pensado nunca que tuviera oportunidad de resultarle atractiva. Y de todos modos, aquel hombre era claramente un calavera, porque iba por ahí robándole besos a mujeres a las que apenas conocía.

—La señorita Woodley es demasiado modesta —dijo Leighton, con los ojos azules iluminados por la diversión—. Me salvó la vida anoche en el *rout* de lady Welcombe.

—Eso es una exageración —murmuró Constance.

—Claro que sí —insistió él, volviéndose hacia Francesca—. Lady Taffington me estaba persiguiendo anoche, y la señorita Woodley fue amabilísima y la desvió de mi rastro.

Francesca se rió.

—Entonces soy doblemente amiga tuya, Constance. Me temo que mi hermano necesita a menudo ese tipo de ayuda. Es demasiado bueno y no puede soportar ser maleducado. Deberías tomar ejemplo de Rochford, Dom. Él es un experto extinguiendo pretensiones.

Constance no oyó la respuesta de lord Leighton a la broma de Francesca. ¡El vizconde era el hermano de lady Haughston! Constance se dijo, rápidamente, que era absurdo permitirse sentir alivio al conocer la relación que había entre ellos. Para ella no significaba ninguna diferencia que el afecto que existía entre lord Leighton y Francesca proviniera de los lazos familiares y no de una atracción romántica.

—Ven con nosotras —le dijo Francesca a su hermano—. Hemos terminado con las compras, así que no tienes que temer que te arrastremos a ninguna tienda.

—En ese caso, acepto tu amable oferta —dijo lord Leighton, y le ofreció la mano a su hermana para ayudarla a subir al carruaje.

Después se volvió hacia Constance y le ofreció la misma ayuda. Ella le dio la mano, sintiendo perfectamente su contacto, pese a que fue muy breve y ambos llevaban guantes. Lo miró a la cara al subir al coche, y no pudo evitar recordar aquel momento en el que él la había besado en la biblioteca, y, por su mirada, supo que él también lo estaba recordando.

Constance se ruborizó y apartó la mirada. Entró rápidamente al carruaje y se sentó junto a Francesca. Leighton subió también y ocupó el asiento que había frente a ellas, riéndose mientras apartaba la profusión de cajas.

—Ya veo que habéis tenido una tarde muy fructífera —les dijo—. Espero que todo esto no te pertenezca, Francesca.

—No, claro que no. La señorita Woodley es propietaria de una buena parte. Tenemos intención de dejar asombrado a todo el mundo en el baile de lady Simmington de mañana.

—Estoy seguro de que las dos lo conseguiréis —respondió Dominic galantemente.

—¿Vas a ir tú al baile? —le preguntó Francesca—. Deberías acompañarnos. Constance va a venir a mi casa antes para que nos preparemos, y después iremos juntas.

—Ésa será una tarea muy agradable —respondió él—. Será un honor acompañaros.

—Te protegeremos de las madres casamenteras —le prometió Francesca en tono de broma.

Leighton respondió en el mismo tono ligero, y su

conversación continuó mientras el carruaje seguía avanzando por las calles de Londres. Constance contribuyó poco a la conversación. Conocía a muy poca de la gente de la que estaban hablando y, de todos modos, ella se conformaba con escuchar y observar.

Había pensado que quizá recordara al vizconde más guapo de lo que era, pero viéndolo en aquel momento, pensó que la realidad superaba todos sus recuerdos. A la luz del día, su mandíbula era marcada y limpia, sus ojos de un azul asombroso y su pelo rubio y brillante bajo el sol. Era un hombre alto y ancho de hombros, y su presencia masculina llenaba el carruaje.

A Constance no le resultaba difícil entender por qué las madres casamenteras y sus hijas lo perseguían. Era un hombre guapísimo, y además tenía un título importante. Si recordaba correctamente las cosas que su tía había dicho sobre lady Haughston, su padre era conde, y vizconde era el título que se le otorgaba normalmente al heredero de un condado. Por aquel título, tan sólo, él sería muy solicitado. Y el hecho de ser tan guapo y tan encantador, además, aseguraba que muchas mujeres quisieran darle caza.

Por supuesto, aquello hacía mucho más impensable que Constance pudiera tener alguna oportunidad con él. Aunque Francesca tuviera razón en su asunción optimista de que Constance podía encontrar un marido aquella temporada, ella sabía que sin duda aspiraba a algo menos elevado que un título para ella. Y el beso de lord Leighton, por muy maravilloso que hubiera sido para Constance, no era algo sobre lo que fundar esperanzas; ella estaba segura de que para él no había significado nada. En el mejor de los casos, le había demostrado que se sentía atraído por ella. En el peor, que tenía la costumbre de besar a cualquier mujer joven a la que se encontrara a solas. No significaba que él tuviera interés en ella; quizá todo lo contrario. Después de todo, un hombre caballeroso no se tomaba aquellas libertades con una mujer con la que no estuviera pensando en casarse, sino sólo con la que pretendiera tener una aventura.

Por supuesto, Constance no tenía intención de mantener una aventura con él. Sin embargo, un poco de coqueteo... eso era distinto.

Constance miró por la ventanilla para ocultar una pequeña sonrisa. Estaba deseando que llegara el baile del día siguiente. Sería muy agradable el hecho de que lord Leighton la viera en su mejor momento.

El carruaje se detuvo frente a una espaciosa casa de ladrillo rojo, y Leighton miró por su ventanilla.

—Ah, ya hemos llegado —dijo. Abrió la puerta y bajó a la calle—. Gracias por este trayecto tan agradable —les dijo, y después hizo una reverencia general hacia ellas—. Estoy deseando veros de nuevo mañana —añadió, y después mirando a Constance—. Me alegro mucho de haberos encontrado otra vez, señorita Woodley. Debéis prometerme que bailaréis conmigo el primer vals.

Constance le devolvió la sonrisa.

—Lo haré.

—Entonces, me despido —dijo lord Leighton. Cerró la puerta y se alejó del carruaje, que se puso otra vez en marcha.

—Tu hermano es una persona muy agradable —le dijo Constance a Francesca después de un momento.

—Sí —respondió Francesca, sonriendo con una expresión de afecto—. Es muy fácil tomarle simpatía a Dominic. Pero hay mucho más de lo que cree la gente. Él luchó en la Península.

—¿De veras? —Constance miró a Francesca con sorpresa—. ¿Estaba en el ejército? —preguntó. Aquello le resultaba extraño porque era muy poco común que el primogénito y heredero de una familia con fortuna y título fuera a la guerra.

Francesca asintió.

—Sí. Con los Húsares. De hecho, fue herido, pero afortunadamente sobrevivió. Y después, claro, cuando Terence murió, Dom tuvo que volver a casa. Creo que echa de menos el ejército.

Constance asintió, entendiéndolo todo. Sí era común que los hijos pequeños hicieran la carrera militar, o entraran en el cuerpo diplomático, o en la iglesia; sin embargo, si el primogénito moría, el segundo debía ocupar su lugar como heredero, y su futuro cambiaba. Un día, él heredaría toda la riqueza y las responsabilidades del patrimonio familiar, y la carrera que había estado desarrollando pasaba a un segundo plano.

—Y ahora que es heredero, se ha convertido en el blanco de todas las muchachas casaderas.

Francesca se rió.

—Sí, pobrecito. Él no lo pasa bien, te lo aseguro. Supongo que hay hombres que disfrutarían mucho con ese tipo de popularidad, pero Dom no. Por supuesto, un día tendrá que casarse, pero sospecho que va a posponer ese día tanto como le sea posible. Creo que le gusta un poco flirtear.

Constance se preguntó si Francesca estaba haciéndole una ligera advertencia sobre su hermano, diciéndole a Constance, en resumen, que no pusiera sus esperanzas en él. Constance la miró fijamente, pero no encontró en el semblante de Francesca indicación alguna de que estuviera pensando algo semejante. Sin embargo, Constance no necesitaba advertencias. Sabía muy bien que un hombre de la posición de lord Leighton no se casaría con alguien como ella.

Siempre y cuando mantuviera aquello en mente, no obstante, y no le entregara su corazón, no tendría nada de malo coquetear un poco con aquel hombre. Podía bailar con él, reírse con él, divertirse un poco. Y después de todo, aquello era lo que podía esperar de la temporada, pensándolo bien.

Cuando llegaron a casa de sus tíos, lady Haughston entró con Constance. La tía Blanche miró con los ojos desorbitados todas las bolsas y paquetes que el cochero llevó al vestíbulo, seguido por Constance y por la misma lady Haughston.

—¡Mi señora! Oh, Dios mío. Annie, ven aquí y toma esas bolsas. ¿Qué…? —la tía Blanche se quedó petrificada, mirando a su sobrina y a la aristócrata con total desconcierto.

—No hemos comprado todas las tiendas, lady Woodley —le aseguró Francesca alegremente—. Sin embargo, creo que vuestra sobrina y yo hemos dejado un buen agujero en los almacenes de Oxford Street.

—¿Constance? —preguntó la tía Blanche—. ¿Has comprado tú todo esto?

—Sí —respondió Constance—. Lady Haughston me aseguró que mi guardarropa era demasiado reducido.

—¡Constance! —exclamó Francesca, riéndose—. Yo nunca he dicho semejante cosa. Tu tía va a pensar que soy una maleducada. Yo sólo te sugerí que añadieras unas cuantas cosas por aquí y por allá.

Francesca se volvió hacia lady Woodley.

—Me parece que las chicas rara vez se dan cuenta de todos los complementos que se necesitan para una temporada, ¿no os parece?

Tal y como era de esperar, lady Woodley asintió, sin atreverse a mostrar desacuerdo con una de las damas más importantes de la alta sociedad.

—Sí, pero yo… bueno, Constance, esto es un poco inesperado.

—Sí, lo sé. Pero estoy segura de que tengo sitio en el armario para todo. Y lady Haughston ha accedido amablemente a ayudarme a decidir qué debo hacer con mis vestidos.

Al saber que aquella mujer elegante y aristocrática iba a subir a la pequeña habitación de su sobrina y a mirar los pocos vestidos que tenía, lady Woodley quedó entre el éxtasis y la vergüenza.

—Pero, señora, seguramente... quiero decir, que Constance no debería haberos pedido algo así —dijo finalmente, atragantándose con las preguntas.

—Oh, ella no me lo ha pedido —dijo Francesca—. Yo me ofrecí voluntaria. No hay nada que me guste más que animar un guardarropa. Es todo un desafío, ¿no creéis?

Comenzó a subir las escaleras tras Constance, con lady Woodley a la zaga, balbuceando ofrecimientos de té y dulces, intercalados con advertencias a Constance para que no abusara de lady Haughston.

En la puerta de la habitación de Constance, la tía Blanche titubeó. Era un dormitorio muy pequeño, y todo estaba lleno de bolsas y cajas. Apenas había sitio para las tres, pero claramente a lady Woodley no le apetecía en absoluto alejarse de lady Haughston.

Así pues, se quedó en la entrada, con aspecto de encontrarse incómoda pero sin dejar de parlotear, mientras Francesca y Constance sacaban los vestidos de Constance y los extendían sobre la cama.

—Qué pocos vestidos, mi amor —le dijo la tía Blanche a su sobrina—. Te dije que debías traer más a la ciudad. Pero claro, una muchacha nunca prevé todos los vestidos que va a necesitar —añadió, y miró a Francesca buscando su complicidad—. Y, por supuesto, Constance es sólo la señora de compañía de las niñas.

—Eso es descabellado —dijo lady Haughston con energía—. Constance es demasiado joven para desempeñar ese papel... como, sin duda, vos le diréis a menudo.

—¡Oh, por supuesto! —exclamó la tía Blanche—. Pero, ¿qué puede hacer una? Constance es por naturaleza muy introvertida, y, después de todo, ya tiene demasiada edad para presentarse en sociedad.

Francesca emitió un ruido de desdén.

—Faltan muchos años para que Constance alcance ese punto. Sólo hay que mirarla para darse cuenta de lo ridículo que es ponerle una fecha arbitraria al debut de una muchacha. Algunas mujeres son mucho más bellas a esta edad que cuando salieron de la escuela. Vos misma lo habréis notado, estoy segura.

—Bueno —dijo la tía Blanche con incertidumbre.

No podía mostrar desacuerdo con las afirmaciones de lady Haughston, sobre todo, teniendo en cuenta la facilidad con la que vinculaba sus pensamientos con los de la tía de Constance.

Blanche Woodley observó cómo Francesca y Constance emparejaban lazos con vestidos y descartaban otros para los vestidos de día, y escuchó cómo hablaban de bajar escotes y añadir sobrefaldas y colas, o de reemplazar mangas con otras de un color que contrastara con el cuerpo de los vestidos.

Constance también había sentido cierta vergüenza al exponer su pobre armario a lady Haughston, pero Francesca no fue otra cosa que objetiva y práctica. Tenía muy buen ojo para el color, lo cual no sorprendió a Constance, dada la elegancia con la que vestía. Pero Constance sí encontraba extraño que alguien como lady Haughston supiera tantas maneras de modificar, de poner al día y de mejorar el guardarropa de alguien.

Era tan raro como el hecho de que conociera los lugares donde comprar lazos, encaje y accesorios al mejor precio. Constance no pudo dejar de preguntarse si la propia lady Haughston no estaría también en una situación económica difícil. Ella no había oído ningún rumor, pero claramente Francesca era una experta ocultándolo, al menos en cuanto a la vestimenta.

Al poco tiempo, Georgiana y su hermana aparecieron por el pasillo y se quedaron junto a su madre, contemplando con asombro cómo Francesca se movía por el pequeño dormitorio.

Cuando, finalmente, la dama se marchó, recordándole a Constance que debía ir a su casa al día siguiente, por la tarde, antes del baile, las dos chicas se volvieron hacia su madre y comenzaron a quejarse.

—¿Por qué va a ir ella a casa de lady Haughston? —le preguntó Georgiana con una mirada despreciativa para Constance—. ¿Por qué no podemos ir nosotras también?

—Yo voy a ir porque lady Haughston me lo ha pedido.

—Eso ya lo sé —replicó Georgiana—. Pero, ¿por qué? ¿Por qué quiere que vayas tú? ¿Y por qué te ha llevado de compras hoy con ella?

Constance se encogió de hombros. No estaba dispuesta a contarles a sus parientes los planes que Francesca tenía para ella.

—¿Y cómo has comprado todas estas cosas? —le preguntó Margaret, mirando los vestidos y los adornos que había esparcidos por la cama.

—Con el dinero que he estado ahorrando.

—Sí, bueno, si tienes tanto dinero, podrías haber pensado en ayudarnos un poco —dijo la tía Blanche con expresión ofendida—. Nosotros te hemos dado techo y comida durante estos seis últimos años.

—¡Tía Blanche! ¡Sabes que te doy dinero todos los meses! —protestó Constance—. Y siempre pago mis cosas.

Su tía se encogió de hombros, como si el argumento de Constance no tuviera nada que ver con lo que ella había dicho.

—No entiendo por qué lady Haughston tiene preferencia por ti. Es inexplicable. ¿Por qué no ha salido con Georgiana?

–¿Y yo? –preguntó Margaret con indignación.

–Yo soy la mayor –le dijo Georgiana a su hermana con altivez.

Las dos chicas comenzaron a discutir. Entonces, Constance se dio la vuelta y comenzó a doblar y guardar las cosas que tenía sobre la cama. Después de unos minutos, su tía y sus primas se alejaron de su habitación y continuaron hablando en la sala de estar.

Sin embargo, el tema no quedó zanjado. Georgiana y Margaret volvieron a sacarlo durante la cena, y fue tanta su insistencia que finalmente su padre, que normalmente era imperturbable y laxo, les mandó callar. Las dos muchachas quedaron en silencio con un mohín.

Después de cenar, Constance se retiró pronto, alegando que tenía dolor de cabeza. Al día siguiente se quedó en su habitación el mayor tiempo posible, trabajando en silencio en las pequeñas cosas que Francesca y ella habían decidido hacer en sus vestidos. Las más difíciles las haría la doncella de lady Haughston.

Constance pensó incluso en saltarse la comida; sin embargo, si no aparecía en todo el día ante su familia, le daría una excusa a su tía Blanche para argumentar que estaba enferma y que no podía ir, tampoco, al baile de aquella noche. Así pues, bajó las escaleras, jurándose que no respondería a las provocaciones de su prima y sus tías.

Tal y como había temido, Georgiana y Margaret

comenzaron a criticar lo que consideraban una injusticia antes incluso de sentarse a la mesa. Constance hizo todo lo posible por no prestarles atención, pero no pudo callar cuando, al final, su tía le dijo:

—Constance, estoy pensando que, si este asunto va a provocar tanto desacuerdo y tristeza en la casa, quizá no deberías ir a casa de lady Haughston esta tarde.

Constance la miró, intentando disimular su alarma, y pensó brevemente cuál era la mejor manera de enfrentarse a su tía.

—No me gustaría ofender a lady Haughston, tía. Es muy poderosa dentro de la alta sociedad, e insistió mucho en que fuera a su casa esta tarde.

—Sí, bueno, estoy segura de que entenderá la situación si le envías una carta diciéndole que no te sientes bien y que no puedes ir —dijo lady Woodley, y de repente, la expresión de su rostro se animó—. De hecho, las niñas y yo podríamos visitarla y llevarle tu mensaje personalmente —afirmó—. Sí, eso es lo mejor.

Constance sintió furia, pero la controló.

—Pero no me siento mal en absoluto, y me gustaría ir a casa de lady Haughston esta tarde —respondió con calma—. A ella no le agradará que no vaya. Puede incluso que retire la invitación al baile de lady Simmington si se molesta.

—No puede pensar que vas a ir a su casa si estás enferma —le dijo la tía Blanche, mirándola con frialdad.

—No estoy enferma.

—Lady Haughston no lo sabrá —replicó su tía.

—Sí lo sabrá —aclaró Constance con rotundidad.

Su tía la miró de hito en hito, perpleja. Pasó un instante antes de que pudiera hablar de nuevo.

—¿Me estás... desafiando?

—Tengo intención de ir a casa de lady Haughston esta tarde —respondió Constance—. No quiero desafiarte, por supuesto que no. Por lo tanto, espero que no me prohíbas ir.

Lady Woodley estaba cada vez más estupefacta, y Constance aprovechó la falta de palabras momentánea de su tía para decirle con gravedad:

—Lady Haughston es una mujer muy importante. Su padre es conde. Ella es amiga del duque de Rochford. Puede hacer mucho por ti y por las niñas, como bien sabes. Por eso sería muy negativo para ti enfadarla. Por favor, por muy enfadada que estés conmigo, no ofendas a Francesca.

—¿Francesca? —preguntó al fin su tía—. ¿Ella te ha dado permiso para que la tutees?

Constance asintió. Había mencionado el nombre de pila de Francesca deliberadamente, porque eso indicaba que su relación era muy cercana. Y se alegró al comprobar que su tía lo había comprendido.

—Por favor —dijo Constance—. Sé que no te gusta esto, pero piensa en el baile de esta noche. Piensa en cómo sería contarle a tu amiga, la señora Merton, lo que te dijo lady Haughston cuando te visitó ayer.

Después, piensa en no poder decir ninguna de esas cosas en el futuro.

—Ingrata —le espetó su tía—. ¡Después de todo lo que he hecho por ti!

—Sé muy bien lo que has hecho por mí, y se lo he contado a lady Haughston. No deseo tener mala relación contigo. Estoy segura de que la amistad de lady Haughston no llegará más allá de la temporada, y después, nuestras vidas volverán a la normalidad. Pero piensa en lo mucho que puedes conseguir para tus hijas en los próximos meses, si ninguno de nosotros actúa a la ligera.

La tía Blanche soltó un resoplido y tragó saliva. Sin embargo, a los pocos momentos relajó los puños y exhaló largamente. Entonces dijo con una gran frialdad:

—Naturalmente, no te impediré ir a casa de lady Haughston esta tarde, pese a tu insolencia. Me estremece pensar lo que habría sentido tu pobre padre si hubiera visto cómo te has dirigido a mí.

Como Constance sabía que su padre no soportaba a su tía y que procuraba ausentarse cuando ella llegaba de visita a su casa, supo también que el difunto lord Woodley habría aplaudido sus acciones. Sin embargo, se contuvo y no se lo dijo a su tía. Terminó de comer rápidamente y subió a su habitación.

Sin perder un minuto, comenzó a recoger sus vestidos y los guardó en algunas de las bolsas del día anterior. Después se sentó sobre la cama a esperar a que llegara el carruaje de lady Haughston. Por fortuna no tuvo que esperar demasiado. Cuando la avisaron de que estaban esperándola abajo, Constance se esforzó por despedirse agradablemente de su tía y sus primas y salió a la calle.

No fue una sorpresa para ella que Haughston House, una elegante mansión de piedra blanca, estuviera en el centro de Mayfair, el más selecto de los barrios de Londres. Constance, al salir del carruaje y ver la imponente verja de hierro forjado, y la enorme casa que había tras ella, se sintió bastante intimidada. Era fácil olvidar, cuando una estaba con Francesca, que lady Haughston era descendiente de hombres y mujeres que habían vivido con los reyes y los príncipes, y que era también viuda de un hombre que provenía de una familia similar.

Constance se preguntó durante un instante cómo habría sido el marido de Francesca. Ella no se lo había mencionado, ni siquiera cuando estaban hablando del matrimonio y del amor. Constance sabía que el hombre había muerto algunos años antes y que Francesca no había vuelto a casarse. Corría el rumor de que había querido a lord Haughston demasiado como para casarse con otro hombre. Sin embargo, Constance pensó que quizá la verdad fuera exactamente lo contrario; que su primer marido le hubiera causado un profundo rechazo al matrimonio.

La ansiedad que hubiera podido provocarle aquella mansión a Constance se desvaneció, sin embargo, cuando lady Haughston bajó las escaleras para recibirla en persona y afectuosamente.

—¡Constance! Sube a mi habitación. Maisie ha estado haciendo maravillas, como de costumbre. Estoy impaciente por que lo veas.

Francesca indicó a uno de los sirvientes que tomara las bolsas de Constance, y después ambas ascendieron por la escalinata curvada que llevaba al piso superior.

—Tu casa es maravillosa —comentó Constance con admiración.

—Sí. Lady Haughston, la madre de mi marido, tenía muy buen gusto. Si hubiera sido cosa del viejo lord Haughston, me temo que todo estaría lleno de escenas de caza y enormes muebles jacobinos de madera oscura —dijo Francesca, y se estremeció con exageración—. Claro que la casa es demasiado grande como para mantenerla abierta. Tengo toda la parte oeste cerrada —explicó mientras hacía un vago gesto hacia el otro lado de las escaleras.

Guió a Constance hasta su habitación, que era una estancia muy amplia y agradable con vistas al jardín trasero. Tenía grandes ventanas a ambos lados y estaba llena de luz y del suave aire de verano. Los muebles eran elegantes y ligeros.

Una doncella las estaba esperando con un vestido

azul cuidadosamente extendido sobre la cama, a su lado. La mujer se volvió e hizo una reverencia cuando aparecieron Constance y Francesca.

—Oh, excelente, Maisie —dijo Francesca, adelantándose a contemplar el traje—. Constance, ven a verlo. Éste es el vestido del que te hablé. Maisie ya lo ha arreglado. Le ha quitado el encaje a los volantes Van Dyck —explicó, señalando una franja de tela en la que estaban cosidos los triángulos se seda azul oscuro—, y ha quitado también las mangas, que eran demasiado largas. Le ha puesto esta sobrefalda azul claro de gasa y unas mangas cortas y un poco abullonadas. Creo que este estilo es mucho más juvenil y te favorecerá mucho más.

—Pruébeselo, señorita —le dijo Maisie a Constance—, y así podré ver de qué anchura he de poner la puntilla en el bajo.

—Es una maravilla —dijo Constance, extasiada al contemplar aquella delicada confección.

Con ayuda de Maisie, Constance se probó el vestido y se miró al espejo. Al verse, quedó sin respiración. Estaba mucho más guapa y parecía muy joven. Constance sonrió encantada, sin darse cuenta de que la mayoría de la belleza y la juventud que veía en el espejo eran debidas a la felicidad que irradiaba su rostro.

—Es perfecto. Oh, Francesca, no sé cómo darte las gracias.

Francesca aplaudió con entusiasmo.

—No tienes por qué. Verte así es suficiente recompensa. Sabía que este vestido te quedaría muy bien. ¿Y no te había dicho que Maisie es una experta con la aguja?

—Tenías razón —dijo Constance, y volvió a mirarse en el espejo mientras Maisie se arrodillaba para tomar con alfileres una ancha banda de encaje en el bajo del vestido.

—Sólo te falta un adorno sencillo en el cuello, creo —dijo Francesca—. Yo diría que un relicario. Y tengo un chal que te irá perfectamente con el vestido —añadió. Ante las consiguientes protestas de Constance, sacudió firmemente la cabeza y argumentó—: Sólo será un préstamo, y eso no es nada malo, ¿no?

Cuando Maisie terminó de prender el bajo con alfileres, Constance y Francesca sacaron la ropa que Constance había llevado y hablaron con la doncella sobre los cambios que querían hacer con los materiales que habían comprado el día anterior. Pasaron el resto de la tarde hablando alegremente de escotes, sobrefaldas y encajes. Tomaron el té en el jardín y después subieron de nuevo a la habitación de Francesca donde, con ayuda de Maisie, se arreglaron para el baile.

Constance no recordaba cuándo lo había pasado tan bien por última vez. Aquello debía de ser muy parecido a tener una hermana, o a lo que habría podido ser arreglarse con sus primas si no tuviera que pasarse todo el tiempo ayudándolas a vestirse y a peinarse o buscando sus guantes y sus abanicos.

Cuando Maisie terminó y las dos estuvieron listas, Francesca sonrió como una madre orgullosa. Constance se miró al espejo.

—Oh, vaya —dijo suavemente, sin poder evitarlo.

Tenía el pelo recogido en una coleta de tirabuzones y adornado con una lluvia de pequeños capullos de seda rosa, los que Francesca le había regalado el día anterior. El vestido le sentaba extraordinariamente bien; el cuerpo le elevaba el pecho, y la falda caía desde la cintura formando elegantes pliegues que se mecían con sus movimientos al caminar.

Constance se ruborizó de emoción. Tenía los enormes ojos grises muy brillantes. Sabía que nunca había estado más guapa que en aquel momento.

—Ah, me parece oír la voz de Dominic abajo —dijo Francesca, y ambas salieron de la habitación y descendieron por la escalinata.

Lord Leighton estaba en el vestíbulo, a los pies de la escalera, y se volvió al oír el sonido de sus suaves pasos. Miró hacia arriba y se quedó inmóvil, con los ojos abiertos de par en par, al ver a Constance.

Inconscientemente dio un paso hacia delante con una expresión de asombro en el rostro. Constance no podría haber esperado algo más encantador.

—Señorita Woodley —le dijo él, recuperándose y haciéndole una reverencia–. Me habéis cortado la respiración.

Francesca se rió y dijo:

–Ten cuidado con él, Constance. Es capaz de hechizar a los pájaros de los árboles.

–Sé que es un halagador –dijo ella, en el mismo tono de voz ligero.

–Las dos cometéis una injusticia conmigo –protestó en broma Dominic. Después se volvió hacia Constance–. Recordad que me habéis prometido el primer baile, señorita Woodley –le dijo.

–No lo olvidaré, milord –respondió Constance, y se dirigió hacia la puerta detrás de Francesca.

Aquella noche, pensó, era el comienzo de una vida distinta.

Constance sintió agudamente el contacto de la mano de lord Leighton alrededor de la suya cuando éste la ayudaba a subir al carruaje. Y, pese a la penumbra que había en el interior del coche, supo que él la observaba mientras comenzaban el trayecto hacia el baile por las calles de Londres.

—¿Vas a ir a Redfield la semana que viene, Dom? —le preguntó Francesca a su hermano.

La mueca con que él respondió a la pregunta no indicaba que fuera probable, pensó Constance.

—No si tengo cualquier cosa mejor que hacer —respondió Dominic, y añadió—: Y no me parece que eso vaya a ser difícil.

—Deberías ir. La finca es tu deber, y lo sabes. Eres el heredero.

Él se encogió de hombros.

—Dudo que se me eche de menos.

—Claro que sí. Todo el mundo pregunta por ti, siempre.

Leighton arqueó las cejas con escepticismo.

—¿El conde y la condesa?

¿No eran los condes los padres de Leighton?, se preguntó Constance. Le parecía raro que se refiriera a ellos con tanta formalidad. No parecía que hubiera mucho amor entre Dominic y sus padres, sobre todo teniendo en cuenta que Francesca respondió a aquella pregunta con un incómodo silencio.

Leighton sonrió vagamente.

—Yo no entiendo por qué vas tú, francamente.

—Tengo una horrible tendencia a hacer lo que se espera de mí.

—¿Y quieres que yo haga lo mismo? —le preguntó él.

—No. Sólo quiero que me alegres la estancia —dijo Francesca, con una sonrisa—. Sabes que papá y mamá invitan a gente muy aburrida. Sólo quiero animar la reunión.

Con la mirada brillante, se volvió hacia Constance entusiasmada.

—Tienes que acompañarme.

Constance la miró con gran sorpresa.

—¿A visitar a tus padres?

—No es sólo una reunión familiar —le aseguró Francesca—. Todos los años dan una gran fiesta en Redfields. Es nuestra casa de campo. Es una casa enorme y destartalada, e invitan a muchísima gente.

—Nuestros padres y todos sus aburridos invitados no suena muy divertido, Francesca —señaló su hermano, sonriendo.

—Oh, pero no será aburrido —le dijo Francesca a Constance—. No debes pensar eso. Yo invitaré a gente interesante.

Tenía la mirada iluminada. Casi se podían ver funcionando los engranajes de su mente. Constance tuvo la sospecha de que, con «gente interesante», Francesca se refería a hombres que pudieran resultar buenos candidatos para sus planes.

Sus sospechas se vieron confirmadas cuando Francesca añadió:

—Será una oportunidad perfecta para que conozcas gente.

—Pero tus padres no saben quien soy —protestó Constance automáticamente, aunque la perspectiva de ir a una fiesta en el campo era muy seductora.

—Eso no importa. Habrá gente que sí conoces. Yo iré, y mi amigo, sir Lucien Talbot. Te lo presentaré esta noche. Y Dominic también irá.

—¿De veras? —preguntó él en tono divertido.

—Sí, claro que sí. Ya los has evitado durante suficiente tiempo. Es hora de que los visites, y lo sabes. ¿No crees que será mucho más fácil para ti si vas cuando la casa esté llena de gente?

—Puede que tengas razón.

Constance se preguntó qué problema se interpondría entre lord Leighton y sus padres. Parecía como si llevara bastante tiempo evitándolos, y ella sentía mucha curiosidad por saber el motivo.

Su coche llegó a la fila de carruajes de los que bajaban los invitados, elegantemente vestidos. Leighton bajó del vehículo y ayudó a descender primero a su hermana y después a Constance. Una mujer de otro coche se acercó a Francesca inmediatamente y se la llevó hacia la puerta mientras le hablaba animadamente.

Lord Leighton le ofreció el brazo a Constance, y ellos continuaron a paso más lento. Ella esperaba que el vizconde no notara el ligero temblor de sus dedos. Estar tan cerca de él le dejaba la mente en blanco y le hacía sentir cosas muy desconcertantes.

Caminaron en silencio, y ella se sintió azorada. Intentó encontrar ansiosamente algo que decir.

—¿Iréis entonces a la fiesta de Redfields?

—Quizá —respondió él, encogiéndose de hombros. La miró y sonrió con un brillo travieso en los ojos—. Si vos vais a estar allí, la idea de ir tiene mucho más atractivo.

Constance sintió un cosquilleo al oír sus palabras, pero intentó aparentar despreocupación.

—Me parece, señor, que os encanta flirtear.

Él se rió.

—Me juzgáis equivocadamente, señorita Woodley.

Ella se dio cuenta de que él no había negado sus

palabras, lo cual hizo que se sintiera un poco menos animada. Se dijo una vez más que no debía ser tonta; estaba muy claro el tipo de hombre que era lord Leighton. Ella lo había sabido desde el mismo momento en que él la había besado en la fiesta anterior. Su propia hermana se lo había advertido, por mucho afecto con que lo hubiera dicho Francesca.

Lord Leighton y Constance llegaron a la puerta de la mansión Simmington y se encontraron con Francesca, que se volvió hacia ellos con alivio y se separó de su compañía. Los tres esperaron en fila para subir las escaleras que conducían al gran salón de baile. Francesca y su hermano recibieron el saludo de la gente que los rodeaba, y hubo muchos otros invitados que se les acercaron desde diferentes puntos de la cola. Constance se dio cuenta de que atraían muchas miradas de curiosidad.

Francesca le presentó a mucha gente. Constance estaba segura de que no conseguiría recordar todos los nombres. Francesca se volvió hacia ella y le susurró:

—Estás causando un gran revuelo esta noche.

—¿Yo? —preguntó Constance con sorpresa. Sabía que la habían mirado, pero había pensado que la gente sentía curiosidad por saber quién era la mujer desconocida que acompañaba a lady Haughston y lord Leighton.

—Oh, sí —dijo Francesca con satisfacción—. Todos se

preguntan quién es la bella mujer que está con nosotros.

Constance se rió.

—Seguro que no.

—¡Es la verdad! —protestó Francesca—. ¿Por qué crees que se acerca tanta gente a saludarnos? Quieren conocerte.

Constance sospechaba que Francesca estaba exagerando, pero no pudo evitar sentir un poco de placer al oír aquellas palabras.

—Ah, mirad, ahí está Lucien —dijo Francesca, y le hizo señas a un hombre que acababa de entrar en la casa.

Él sonrió y se dirigió hacia ellos, parándose a hablar con unas personas por el camino. Constance pensó que era el epítome del caballero elegante y mundano. Llevaba una ropa exquisita que le quedaba perfectamente. Francesca se lo presentó a Constance cuando finalmente se acercó, y él le hizo una galante reverencia.

—Bien, parece que lady Simmington está a la altura de su reputación —comentó sir Lucien, echando una mirada a su alrededor.

La casa estaba muy bien decorada, con guirnaldas de hiedra y lazos colgando de la barandilla de las escaleras, y había enormes centros de flores repartidos por las mesas. Por todas partes, las velas encendidas iluminaban la fiesta. Desde el salón de baile llegaban los acordes de la música por encima del sonido de las voces de la gente.

—Todo el mundo ha venido esta noche —prosiguió sir Lucien—. Claro que a nadie se le ocurriría no venir, porque la gente podría pensar que no ha recibido invitación.

En la parte superior de las escaleras, lady Simmington les dio la bienvenida con gravedad, como si estuviera concediéndoles un honor. Francesca le presentó a Constance, pero Constance pensó que la mujer apenas había oído su nombre mientras la saludaba y le hacía un gesto con la mano hacia el salón de baile, haciendo que la fila progresara.

Cuando entraron al salón, Constance miró a su alrededor. Era una sala mucho más grande que aquélla en la que lady Welcombe había celebrado su *rout*. Al igual que las escaleras y el vestíbulo, estaba decorada con flores, guirnaldas y candelabros. Las altas ventanas estaban vestidas con cortinones de terciopelo, y alineadas a la pared había infinidad de sillas para los invitados. Al otro lado de la sala, sobre un estrado, estaba la orquesta.

Junto a una de las ventanas, Constance vio a sus tíos y a sus primas, que parecían sobrecogidos. Constance pensó que todo aquello era muy distinto a las fiestas y reuniones a las que su familia y ella frecuentaban en el campo. Y ninguna de las fiestas a las que habían acudido hasta el momento en Londres los había preparado para aquello.

Al poco tiempo, los invitados cesaron de llegar, y lord Leighton se volvió hacia Constance.

—Creo que me habíais prometido este baile.

A ella se le aceleró el corazón. Posó la mano en su brazo y caminó con él hasta la zona de baile mientras la orquesta comenzaba a tocar el vals. Constance tenía un nudo de nervios en el estómago. Había bailado antes el vals, pero no demasiadas veces. En el campo, las fiestas eran más conservadoras que en Londres, y el vals todavía se consideraba un baile demasiado atrevido. Y ciertamente, ella no lo había bailado con nadie más que con hombres a los que conocía desde que era niña. Temía cometer un error, resbalarse o pisar a Leighton, y que él pensara que era una torpe.

Él volvió la cara hacia ella, le tomó una mano y posó la otra en su cintura. Constance se quedó de repente en blanco, y se dio cuenta de que se le habían olvidado los pasos. Entonces, él la llevó hasta el centro de la sala, y todos sus miedos desaparecieron. Leighton se movía con una gracia y una fuerza que Constance nunca había percibido en sus otros compañeros de baile, y la guió expertamente por la pista de baile. Estar entre sus brazos era delicioso y natural a la vez, y ella se movió sin pensarlo, sintiendo únicamente la alegría de la música, la excitación de la cercanía de aquel hombre.

Lo miró a la cara y sonrió, sin darse cuenta de que su sonrisa era deslumbrante. Él tomó aire con brusquedad, y durante un instante, su mano se tensó en la cintura de Constance.

—No entiendo por qué no os había visto antes de la otra noche —dijo Dominic—. ¿Habéis llegado recientemente a la ciudad?

—Mi familia y yo llevamos aquí tres semanas.

Él sacudió la cabeza.

—No puedo haberos visto y no haberme fijado en vos.

Constance estaba segura de que aquello era muy posible. Hasta aquella noche, ella siempre había estado en segundo plano, monótona y desapercibida con su ropa de solterona. Sin embargo, no quería decírselo, así que sugirió:

—Quizá hayamos asistido a fiestas diferentes.

—Claramente, he estado en los lugares equivocados.

Ella se rió.

—Tenéis mucha labia, señor.

—Y vos sois injusta —respondió él con los ojos brillantes—. Sólo os he dicho la verdad.

—Olvidáis, milord, que sé por vuestras propias explicaciones que sois muy solicitado. ¿Queréis que me crea que os habéis fijado en todas y cada una de esas chicas?

—No en todas y cada una. Sólo en vos.

Constance intentó reprimir la calidez que le provocaron aquellas palabras, pero no pudo. Cuando él le sonreía así, le resultaba muy difícil recordar que tenía que mantener la cabeza fría con respecto a aquel hombre. Sin embargo, ¿cómo iba a conseguirlo si él le decía aquellas cosas?

Intentando que su tono de voz fuera un poco seco, replicó:

—Y aquéllas con las que intentáis entreteneros en las bibliotecas... ¿las recordáis a todas?

—Ah —respondió él, mirándola con inteligencia—. Veo que me echáis en cara mis pecados. Por favor, creedme cuando os digo que, en realidad, no me entretengo con las damas, ni en la biblioteca ni en ningún otro lugar.

—¿De veras? —le preguntó ella con una ceja arqueada.

—No. La verdad, señorita Woodley, es que tenéis algo que me hace actuar... de una manera fuera de lo ordinario.

—No sé si eso debo tomármelo como un cumplido o como un desdén.

—No es un desdén, os lo aseguro.

Constance no supo qué decir. Bajo los ojos azules de lord Leighton le resultaba difícil mantenerse distante y ser ingeniosa; lo único que quería era bailar entre sus brazos, mirarlo a los ojos, vivir el momento y la música.

Sin embargo, el vals terminó muy pronto, y la pareja se detuvo. Tras una breve vacilación, Leighton apartó los brazos de ella y dio un paso atrás. Constance inspiró profundamente y volvió al mundo real.

Leighton le ofreció el brazo y ella lo tomó, y juntos fueron a reunirse con Francesca. En cuanto llegaron, Lucien le pidió a Constance que bailara con él, y se la llevó de nuevo. Cuando volvieron, Constance se dio cuenta, con consternación, de que lord Leighton ya no estaba con Francesca.

Sin embargo, estuvo demasiado ocupada durante el resto de la noche como para echarlo de menos. Francesca se vio asediada por innumerables jóvenes que querían que los presentara a su nueva amiga, y ella los complació con mucho gusto. Antes de la mitad de la velada, Constance tenía la tarjeta de baile llena. Estaba segura de que la razón por la que se había convertido en alguien tan solicitado de repente era que lord Leighton y sir Lucien habían bailado con ella. No había nada que estableciera el atractivo de una mujer como la atención de otros hombres.

Sin embargo, Constance estaba disfrutando tanto de la fiesta que no pensó en las motivaciones de sus admiradores. Mientras bailaba, charlaba y coqueteaba, no se sintió en absoluto como una mera acompañante, y menos como una solterona. Se sentía joven y bonita, y se divertía como hacía mucho tiempo que no se había divertido. Desde la muerte de su padre, de hecho.

Aunque no podía decir que su tío o su tía le infligieran maltrato o fueran crueles con ella, tampoco podía decir que la quisieran. Era menos querida como miembro de la familia de lo que podría ser una sirvienta. Además, Constance no disfrutaba de su compañía; su felicidad provenía de pequeñas cosas como un paseo en primavera, una visita a alguna amiga del pueblo o una hora leyendo a solas. No era algo chispeante y emocionante como aquella noche, en la que tenía ganas de reír.

No se había dado cuenta, hasta aquel momento, de lo gris que se había vuelto su existencia. Pensó que siempre sentiría gratitud hacia Francesca por aquel sentimiento, y sabía que, pasara lo que pasara, había hecho bien al aceptar unirse al plan de Francesca.

Lo único que estropeó su felicidad aquella noche fue encontrarse, en cierto momento, con la intensa mirada de odio de una joven morena y de su madre. Ambas eran muy parecidas físicamente, con los mismos ojos azules, y la joven tenía una expresión fría y desdeñosa.

Al percibir el veneno de su mirada, Constance se dio la vuelta, insegura y perpleja. No conocía a aquellas mujeres, y no entendía por qué la miraban con tanto desagrado. Se volvió hacia Francesca para preguntarle quiénes eran, pero Francesca estaba charlando con un joven que, rápidamente, le presentó a Constance. Cuando el joven se alejó, un rato después, las mujeres a las que había visto Constance ya no estaban. Encogiéndose de hombros, se olvidó de ellas y se dirigió a la pista de baile con su siguiente compañero.

Francesca pasó la mayor parte de la noche mirando a Constance como si fuera una madre orgullosa. Le había pedido a sir Lucien que bailara con Constance, tal y como Constance había sospechado, pero Francesca se sintió muy satisfecha cuando su amigo, después de que terminara el baile, le dijo que su protegida era muy bonita y encantadora.

—De todas formas, ¿qué intenciones tienes con esta muchacha? —le preguntó Lucien a Francesca con perspicacia—. Sé que no es una de esas niñas cuyos padres te piden que las establezcas bien en sociedad. Por lo que tengo entendido, es en realidad una pariente pobre de esa horrible mujer, lady Woodley.

—Vaya, Lucien, me destrozas —le dijo Francesca en broma—. ¿Me crees una completa mercenaria?

—Querida niña, sé que no lo eres. Podrías haberte casado con muchos hombres ricos durante estos últimos cinco años, y no lo has hecho. Pero no entiendo por qué has elegido a esa chica. Ya se le ha pasado la edad de presentarse en sociedad.

—Es más joven que yo, así que no hablemos de la edad, por favor. Pero si quieres saberlo, es por culpa de Rochford.

—¡Rochford! —exclamó Lucien con sorpresa—. ¿Qué tiene que ver él en todo esto?

—Me desafió.

—Ah —dijo Lucien, y sonrió—. Y, por supuesto, tú no pudiste dejar pasar un desafío suyo.

Ella le lanzó una mirada de irritación.

—Conseguiré un brazalete de zafiros si tengo éxito, y quiero tenerlo.

—Ya. ¿Y qué tienes que hacer para ganar?

—Encontrarle un marido a Constance durante esta temporada.

—Ah, una nimiedad, entonces —Lucien hizo un gesto vago con la mano—. No tiene fortuna. Sus parientes, claramente, no son una ventaja. Y es mayor que casi todas las muchachas casaderas. ¿Qué te parece? Será muy fácil para ti. ¿Y qué importa que haya pasado ya más de un mes de temporada? No tengo ninguna duda de que encontrarás un conde en algún sitio... o al menos, un barón.

—No he dicho que tuviera que ser un matrimonio brillante. Sólo uno aceptable.

—Ah, bueno, entonces —dijo Lucien con una sonrisa burlona.

—Está bien, reconozco que esto podría ser difícil. Pero precisamente por eso es tan importante que tú le hayas mostrado tu favor hoy —continuó Francesca, sonriéndole—. Como tú la has aprobado públicamente, me costará dos semanas menos darla a conocer.

Su amigo la miró desconfiadamente.

—¿Qué quieres de mí?

—¡Lucien! Como si tuviera que querer algo de ti para hacerte un cumplido...

Él no dijo nada. Se limitó a esperar, observándola fijamente.

—Oh, está bien. Pensé que quizá pudieras acompañarme a Redfields la semana que viene.

Él hizo una mueca de sufrimiento.

—¿Al campo? Francesca, querida, sabes que eres el amor de mi corazón, pero, ¿viajar al campo?

—Está en Kent, Lucien. No te estoy pidiendo que vayas a la jungla.

—No, pero, ¿una fiesta campestre? Lo más probable es que sea muy aburrido.

—Sin duda lo será, ya que la fiesta la dan mis padres; Pero ésa es la razón por la que necesito que vayas, para hacer que todo resulte más interesante.

—Pero, ¿por qué?

—Porque he decidido que esta fiesta será la ocasión perfecta para presentarle a Constance a varios hombres que sean buenos partidos. Como ella no tiene fortuna, debo asegurarme de que los hombres tengan oportunidad de pasar tiempo con ella y enamorarse de su inteligencia y su sonrisa.

—No sé por qué ibas a necesitarme para eso. Sólo estaría ocupando el espacio necesario para uno de los pretendientes de la chica.

—Porque necesito que vengan esos pretendientes. ¿Cuántos caballeros van a acudir a la fiesta si piensan que estarán sentados junto a mis padres, a lord Basingstoke y el almirante Thornton, tomando oporto y hablando de la juventud de hoy día? ¿O jugando a las cartas con la duquesa viuda de Chudleigh?

—Dios Santo, ¿va a estar ella?

—Es la madrina de mi madre, así que estará allí como todos los años. Por eso necesito que los jóvenes sepan que habrá alguien más animado. Creo que Dominic también irá. Esta noche me ha parecido más razonable.

—Entonces no me necesitas.

—No me atrevo a contar con mi hermano por completo. Y aunque venga, no es seguro que mi padre y él no tengan una pelea el primer día y Dominic se vuelva a Londres. Además, sería mejor tener a más de un hombre interesante. Dominic promoverá el ejercicio físico, y tú promoverás una buena conversación.

—Mi querida Francesca, sospecho que tu pelo y tu figura serán más que suficientes para que muchos solteros acudan encantados a la fiesta de tus padres —le dijo sir Lucien—. Sin embargo, yo también iré. Creo que, después de todo, será divertido presenciar el resultado de tus maquinaciones.

—Sabía que podía contar contigo.

—¿Y tu… no sé cómo llamarlo… tu cruz? ¿Tu amigo?

Francesca se quedó desconcertada.

—Rochford —le aclaró Lucien.

—Oh. Él —Francesca se encogió de hombros—. Supongo que, al menos, irá a Redfields para el baile, si está en su casa de Dancy Park —dijo, mencionando el nombre de la casa de campo del duque, una de tantas, que no estaba lejos de la casa en la que se había criado Francesca.

—¿Y esperas que haga algo para dar al traste con tus esfuerzos?

—¿Sinclair? —preguntó Francesca, y se rió—. No me imagino que se moleste en intentarlo. Prefiere observar, como si fuera un dios del Olimpo, cómo nosotros, los insignificantes mortales, correteamos por acá y por allá tratando de dirigir nuestras vidas.

Sir Lucien arqueó las cejas al percibir un deje de amargura en su voz.

—Bueno, pues me parece que al menos por el momento ha descendido del Monte Olimpo.

Hizo un gesto con la cabeza, y Francesca miró en la dirección que él le había indicado. El duque de Rochford se dirigía hacia ellos, deteniéndose de vez en cuando a saludar a alguien. Sin embargo, cuando levantó la vista, y sus ojos se cruzaron con los de Francesca, ella supo con seguridad que ella misma era su objetivo. Se retiró ligeramente hacia atrás para observar a los que bailaban, como la viva imagen de la indiferencia.

Sin embargo, supo exactamente cuándo Rochford llegó a su lado, y ni siquiera se volvió cuando él se detuvo junto a ella y miró también hacia la zona de baile.

—Habéis convertido a nuestro patito feo en un cisne, mi señora —le dijo él después de unos momentos, en un tono de voz divertido.

Francesca lo miró entonces. La expresión de su rostro moreno era, como siempre, indescifrable.

—Me ha costado muy poco, os lo aseguro. Me temo, Rochford, que habéis elegido a la candidata errónea si queríais ganar la apuesta.

Él sonrió.

—Entonces, pensáis que todo va a resultar muy fácil, ¿no es así?

—No fácil, no —respondió Francesca—. Pero tiene muchas más posibilidades que las otras dos.

—Mmm. Quizá haya elegido apresuradamente —admitió él—. Y sin duda, vos habéis aprovechado mi debilidad.

—Por supuesto.

El baile había terminado, y Constance y su compañero se dirigían de vuelta hacia donde Francesca conversaba con el duque, junto a Lucien. Francesca vio que Constance miraba con cierta aprensión a Rochford.

Francesca le presentó a Rochford a su protegida. Pensó que aquélla era la razón por la que él se había acercado. Sin embargo, se quedó un poco sorprendida al oír que el duque, después de hacerle una reverencia a Constance, le pedía el siguiente baile. Constance se quedó boquiabierta, y miró a Francesca, y después de nuevo a Rochford.

—Yo... eh... me temo que ya tengo comprometido el baile, señoría —dijo, con expresión más de alivio que de consternación.

—Ah, ya entiendo —dijo el duque, y miró a un hombre que se aproximaba—. ¿Con Micklesham?

Constance estaba desconcertada.

—¿Qué? —se volvió y miró en la dirección que le indicó Rochford—. Oh, sí. Exacto. Con Micklesham.

Rochford esbozó una sonrisa perversa cuando saludó al recién llegado.

—Ah, Micklesham. Estoy seguro de que no os importará cederme este baile con la señorita Woodley, ¿verdad?

Micklesham, un joven bajo de estatura, pelirrojo y con muchas pecas en el rostro, se quedó anonadado cuando el duque se dirigió a él. Se ruborizó y se mostró sobrecogido.

—Oh. Eh... ¿a vos? Vaya, sí. Claro —balbuceó, y le hizo una reverencia al duque—. Es un placer. Es decir... bueno... disculpadme, señorita Woodley —dijo en tono suplicante, mirando a Constance.

—Perfecto, entonces. ¿Señorita Woodley? —Rochford le tendió la mano a Constance, que titubeó, sonrió y aceptó.

Francesca observó a la pareja dirigirse hacia la zona de baile.

—¿Y qué demonios está tramando? —murmuró.

—Quizá quiera asustar a tu pajarito —sugirió Lucien.

—No, Rochford no intentaría sabotear mis planes —respondió Francesca—. Tenía razón cuando dije que para él sería rebajarse el hecho de intentar influenciar el resultado.

Observó cómo Constance y el duque comenzaban a bailar el vals. Él le estaba sonriendo. Francesca sintió una punzada de irritación.

—Que se vaya al demonio —dijo, y se volvió.

Sir Lucien la miró con atención.

—Entonces, ¿qué crees que está haciendo?

—Con toda probabilidad, está intentando molestarme —dijo ella.

—Pues parece que lo ha conseguido.

—Oh, cállate, Lucien —le dijo Francesca con enfado—, y sácame a bailar.

—Por supuesto, mi amor —respondió él con una reverencia.

Constance notó un sudor frío por la espalda. Nunca, en toda su vida, había esperado que bailaría con un duque. De hecho, ni siquiera había imaginado que conocería a un duque.

Lord Leighton sería conde un día, por supuesto, pero su sonrisa contagiosa y su carácter encantador hacían que una olvidara con facilidad su título y su linaje. Sin embargo, Rochford era todo un duque; sus modales no eran exactamente estirados, pero tenía la espalda tan derecha como una tabla, y se conducía con la clase de seguridad que sólo podían tener los que descendían de la más antigua aristocracia. Su rostro anguloso era tan intimidante como su conducta. No era un hombre con quien resultara fácil sentirse cómoda, pensó Constance.

Ella no se sentía cómoda, ciertamente. El duque se mantuvo en silencio durante un rato, y ella se alegró, porque estaba concentrada en los pasos del vals. Le parecía que sería peor tropezarse o hacer un movimiento erróneo con aquel hombre que con cualquiera de los demás con los que había bailado aquella noche.

Él, aparentemente, no encontraba extraño aquel silencio. Constance supuso que estaba acostumbrado a las reacciones que suscitaba en la gente. Además, no hizo ningún esfuerzo por aligerar la situación; se limitó a mirarla con aquellos ojos negros tan inquietantes.

—Veo que lady Haughston os ha tomado bajo su protección —le dijo a Constance por fin.

Sus palabras la sobresaltaron un poco.

—Sí —respondió con cautela—. Lady Haughston es muy amable.

—Eso he oído decir —comentó el duque en un tono vagamente irónico.

Constance lo miró, preguntándose por qué aquel tono de voz. No sabía con seguridad si el duque y Francesca eran amigos, conocidos o quizá incluso enemigos. Aquello era difícil de determinar; ella había descubierto rápidamente que en aquel mundo de la capital, los enemigos más acérrimos a menudo se sonreían el uno al otro como si fueran amigos.

El duque le preguntó a Constance de dónde era, y ella se lo dijo, explicándole que vivía con sus tíos.

—¿Y estáis disfrutando de vuestra estancia en Londres? —prosiguió él.

—Sí, gracias. Mucho. Y ha sido mucho más divertida desde que conocí a lady Haughston.

—Generalmente sucede así.

Aquél era el diálogo más trivial que pudiera imaginarse. Constance no entendía por qué el duque la había sacado a bailar. Claramente, no había sido para mantener una conversación chispeante.

—Si seguís el consejo de lady Haughston, os irá muy bien, estoy seguro —continuó el duque.

—Eso espero —respondió Constance, y después añadió—: Aunque creo que eso no sería beneficioso para Su Señoría.

Ella misma se quedó sorprendida de su atrevimiento, pero con sinceridad, estaba empezando a aburrirse de cómo pasaban de puntillas alrededor del nexo que los unía.

Él arqueó las cejas de una manera que, seguramente, habría amedrentado a mucha gente.

—¿De veras? ¿Y por qué pensáis que os deseo mal, señorita Woodley?

—No mal, precisamente. Pero conozco la apuesta que habéis hecho con lady Haughston.

—¿Ella os lo ha contado? —le preguntó el duque con sorpresa.

—No soy completamente boba —respondió Constance—. Y es un poco difícil hacer una mujer nueva de alguien sin revelarle con qué intención.

—Supongo que eso es cierto —comentó él. Constance estuvo casi segura de que había visto el reflejo de una sonrisa en sus ojos–. ¿Y vos estáis de acuerdo con sus planes?

–No espero que lady Haughston gane la apuesta –le dijo Constance–. No cuento con eso. Sin embargo, creo que la idea de experimentar una temporada social es... atrayente.

Definitivamente, el duque sonrió en aquella ocasión, aunque fuera con brevedad.

–Entonces, espero que sea estupenda para vos, señorita Woodley.

Terminaron el vals en silencio, aunque Constance ya no se sentía tan incómoda. El duque la acompañó junto a Francesca. Francesca, sin embargo, estaba a punto de salir a bailar en aquel momento. Constance se volvió, pensando en que debía buscar a su tía. Estaba pasándolo tan bien que no había pensado en su familia, y se sintió un poco culpable por ello.

Mientras a su alrededor por la sala, volvió a ver a la joven que la había mirado con odio al comienzo de la velada. Ya no estaba con su madre, sino que se dirigía a bailar del brazo de lord Leighton.

¿Podría ser que aquella mujer la hubiera mirado así porque lord Leighton había bailado con ella? Constance pensó que era absurdo, porque sólo habían bailado una vez. Sin embargo, ella no podía negar que estaba sintiendo celos al ver a Leighton caminar junto a otra mujer.

De todos modos, no había nada que ella pudiera hacer al respecto, así que intentó quitárselo de la cabeza mientras continuaba buscando a sus primas y a sus tíos. Los encontró poco después, al borde de la pista de baile. Cuando se acercaba a ellos, percibió que su tía la miraba con una expresión adusta. Constance suspiró por dentro. Estaba claro que su tía seguía enfadada con ella. Constance la saludó con una sonrisa, pero la tía Blanche no se dejó ablandar.

—Bien, así que por fin has decidido honrar a tu familia con tu presencia —le dijo con sarcasmo—. Aunque supongo que ahora ya no somos importantes para ti. Lady Haughston y sus amigos son todo lo que te interesa.

—Eso no es cierto, tía —respondió Constance, luchando por mantener la calma—. Pero como lady Haughston ha sido tan amable de invitarnos a esta fiesta, me pareció apropiado permanecer a su lado durante el baile.

—Oh, sí, muy apropiado el hecho de ponerte en ridículo. De bailar con la mitad de los hombres que hay aquí. De comportarte como si fueras una jovencita en vez de una mujer madura. De vestirte así. Estoy segura de que todo el mundo se ha estado riendo de ti y de tu actitud.

Constance se ruborizó, no supo si de vergüenza o de ira.

—¡Tía Blanche! Te portas mal conmigo. ¿Por qué

dices que he hecho el ridículo? Lady Haughston me ha presentado a todos los hombres con los que he bailado. Y estoy segura de que no tiene nada de malo que haya bailado con ellos si lady Haughston los aprueba. En cuanto a mi vestido, no tiene nada de indecente.

—Es de un color demasiado juvenil para ti —dijo la tía Blanche—. Ya no eres una joven, Constance. Una mujer de tu edad bailando de ese modo, coqueteando con los hombres como has estado haciendo tú... bueno, es vergonzoso.

—No sabía que una no podía bailar al llegar a cierta edad —respondió Constance con frialdad—. Estoy segura de que podrías informar de esa regla a muchas de las mujeres que están bailando en este momento.

—No hablo de las mujeres casadas. Si una está casada, es perfectamente aceptable bailar con su marido o un amigo. Pero no es lo que debe hacer una soltera.

—¿Por qué? ¿Por qué no puede bailar una mujer si no está casada? ¿A qué edad tiene que dejar de bailar si no está casada? ¿A los veinte? ¿A los veinticinco? ¿Y también deben seguir esa norma los hombres? ¿Los solteros no pueden bailar?

—Claro que sí, no seas tonta. No hay reglas rígidas. Sencillamente, se da por hecho que si una mujer no se ha casado, ella...

—¿Deja de existir? De verdad, tía Blanche, hablas como si una mujer debería retirarse de la vida pública, avergonzada, si no ha sido capaz de cazar un marido.

—Bueno, si tú no lo has conseguido a tu edad, es difícil que vayas a conseguirlo ahora —replicó su tía de mal humor—. Viniste a Londres a ayudarme con Georgiana y Margaret, y en vez de eso, estás... has bailado con todos esos hombres, y no le has presentado a tus primas a ninguno de ellos. Has bailado con el duque de Rochford, ¡un duque!, y ni siquiera has hecho el mínimo esfuerzo por presentarles a mis hijas.

—Oh —susurró Constance, y miró a sus primas, que la estaban observando con un mohín de descontento. Entonces, ella se sintió culpable.

Su tía tenía razón cuando decía que Constance no había pensado en absoluto en sus primas. Se había dejado llevar por el entusiasmo. Podría haber vuelto junto a su familia después de bailar y haberles presentado a sus compañeros de baile. Después de todo, no era culpa de las niñas que su madre las forrara de volantes y de lazos como si fueran tartas de boda. Iban a necesitar toda la ayuda que pudieran conseguir, y Constance se dio cuenta de que, al menos, debía haberles presentado algunos solteros.

—Lo siento —dijo—. Traeré a mi próximo compañero de baile a conocer a Georgiana y Margaret. Sin embargo, lady Haughston me ha dicho que el duque es un soltero empedernido.

—Bueno, tendrá que casarse algún día, ¿no? —replicó

lady Woodley–. Debe tener un heredero. Y mis hijas tienen tantas posibilidades como cualquiera.

Sabiamente, Constance se abstuvo de corregir a su tía. El proceso mental de su tía se basaba en razonamientos sin base, y ella había aprendido tiempo atrás que cualquier intento de aclarar los errores de la tía Blanche sólo serviría para enfurecerla.

Constance sintió un gran alivio cuando vio acercarse a Francesca. Se irguió y sonrió.

—Lady Haughston.

La tía Blanche se giró y le dedicó una espléndida sonrisa a Francesca. Después dijo, elevando el tono de voz:

—¡Lady Haughston! Siento no haberos visto antes. Hay tanta gente en esta fiesta... Niñas, saludad a lady Haughston.

Georgiana y Margaret obedecieron, y Francesca sonrió y asintió.

—¿Cómo estáis, lady Woodley? Me alegro mucho de veros nuevamente.

Intercambiaron algunos comentarios corteses de rigor y, después, Francesca le preguntó a la tía Blanche:

—¿Os ha dicho Constance que la he invitado a Redfields la semana que viene?

La tía Blanche miró a Francesca sin comprender nada.

—¿Qué? ¿Adónde?

—Es la finca de mi padre. Está en Kent. Todos los veranos dan una fiesta. No está lejos de Londres, a sólo unas horas de camino. Le he pedido a Constance que me acompañe. Espero que no os importe. Será una estancia de dos semanas, y me temo que me aburriré mucho sin su compañía.

La tía Blanche se giró hacia Constance, y la muchacha percibió un profundo desagrado en su mirada.

—Oh, mi señora, qué amable por vuestra parte —dijo la tía Blanche, volviéndose de nuevo hacia Francesca—. Pero me temo que no puedo dejar a Constance que se vaya sola de esa manera. Sería poco apropiado que estuviera sola, entre extraños, durante dos semanas. Después de todo, debo pensar en su reputación.

Francesca arqueó las cejas delicadamente y dijo con frialdad:

—Estaría conmigo, lady Woodley. Y puedo aseguraros que las fiestas de mi padre, el conde, son eventos muy respetables.

—Oh, de eso estoy segura, lady Haughston. Y vuestra reputación, por supuesto, está por encima de todo reproche. Sin embargo, yo me tomo mi responsabilidad hacia Constance con mucha seriedad. No puedo dejar que viaje sola y esté tanto tiempo alejada de su familia.

—Ya veo —dijo Francesca, estudiando el rostro de la tía de Constance.

Estaba perfectamente claro lo que quería su tía,

pensó Constance, y sintió mucha vergüenza. Temió que Francesca se retractaría y no la llevaría a la fiesta de Redfields. De repente, Constance se dio cuenta de lo mucho que deseaba ir. Esperó, conteniendo la respiración.

—Bien —dijo Francesca después de un momento—. Por supuesto, cuando hice la invitación, no me refería solamente a Constance. Sir Roger, vuestras hijas y vos misma también están invitados.

—Sois muy amable, mi señora —dijo la tía Blanche, y bajó la mirada para disimular su sonrisa de triunfo.

Así pues, una semana más tarde, Constance tomó la silla de posta junto a sus tíos y sus primas y se dirigió hacia Kent. Salieron pronto por la mañana y llegaron a su destino después del mediodía, atravesando un precioso parque de castaños y espinos en flor, y saliendo por fin a un claro desde el que se divisaba la casa de la familia de Francesca.

—¡Oh! —murmuró Constance con admiración, y sacó la cabeza por la ventanilla para tener una vista mejor.

El sol bañaba la casa con un suave brillo y arrancaba destellos a los cristales de las numerosas ventanas. Era un precioso edificio de tres pisos con el tejado de pico y de trazado clásico en forma de e. En conjunto, la casa resultaba a la vez majestuosa y atrayente. Del tejado sobresalían muchas chimeneas, y en el lado este había un ala larga de un solo piso que en su azotea tenía un paseo con una balaustrada.

Era una casa maravillosa. ¿Cómo era posible que lord Leighton fuera tan reacio a visitarla? Constance pensó que si ella fuera la heredera de aquella casa, pasaría allí la mayor parte de su tiempo.

Su vehículo se detuvo ante la fachada central, y todos bajaron y miraron con reverencia la casa, que era mucho más impresionante de cerca. Rápidamente, la puerta se abrió y apareció un lacayo uniformado que los condujo hacia el salón principal de la residencia. Allí estaba sentada Francesca, conversando con una mujer que se parecía tanto a ella que debía de ser su madre. Constance paseó la mirada por toda la estancia. Allí, junto a una ventana, estaba lord Leighton. Se había vuelto hacia la puerta cuando ellos entraban, y la luz de la ventana caía sobre sus preciosos rasgos. A Constance se le aceleró el corazón cuando él le sonrió.

Francesca saltó del asiento con un suave gritito cuando los vio, y corrió hacia Constance para tomarla de la mano. Después la guio hasta la mujer con la que estaba hablando y comenzó las presentaciones.

Lady Selbrooke, que era efectivamente la madre de Francesca, tenía los mismos ojos azules que su hija, y también su mismo pelo rubio, aunque con algunos mechones de gris. Sin embargo, su semblante no tenía nada de la animación que alegraba el rostro de su hija. Su expresión era de cuidado control, incluso de frialdad, pensó Constance. Lady Selbrooke saludó a la familia Woodley amablemente, y murmuró un comentario de bienvenida, pero no había interés real en ella.

Lord Selbrooke se levantó de su silla para saludarlos también. Su conducta era tan reservada como la de su mujer, y aunque era un hombre de mediana edad muy guapo, no tenía el mismo buen humor en la mirada que hacía de su hijo alguien tan sumamente atractivo.

—¿Conoces a lady Rutherford y a la señorita Muriel Rutherford? —prosiguió Francesca, volviéndose hacia otros invitados que estaban presentes en la habitación—. Lady Rutherford, señorita Rutherford, ¿me permiten presentarles a sir Roger y lady Woodley? La señorita Constance Woodley.

Constance se volvió en la dirección que le indicaba Francesca y vio a una mujer morena y a una muchacha con su mismo pelo negro sentada a su lado. Ambas miraron fríamente a Constance. Ella se dio cuenta, con asombro, de que eran las dos mujeres que habían estado observándola con algo cercano al odio durante el baile de la semana anterior.

Constance les hizo una reverencia, murmurando un amable saludo, y discretamente las estudió mientras Francesca les presentaba a sus primas. Muriel Rutherford estaba sentada con la espalda muy recta y una expresión severa en el semblante. Tenía los ojos de un azul muy claro, que incrementaba su aspecto distante. Era una versión más joven de su madre, y tenía su misma nariz estrecha y su boca recta.

—¡Señorita Woodley! —dijo lord Leighton.

Constance dejó su estudio de la señorita Rutherford y se acercó a él. Leighton estaba sonriendo y tenía su habitual brillo de picardía en los ojos. Él le tomó la mano a Constance y le hizo una reverencia, sujetándola más de lo que era necesario.

De reojo, Constance vio que Muriel Rutherford apretaba los labios con desagrado.

—Es un placer volver a veros —le dijo Leighton.

A Constance se le olvidó la señorita Rutherford rápidamente, y sonrió a Leighton.

—Lord Leighton. Por favor, permitidme que os presente a mi tío y a mi tía.

Él se giró hacia los demás miembros de su familia, sonriendo con su amabilidad acostumbrada.

—Sir Roger, lady Woodley, señorita Woodley, señorita Woodley. Espero que hayan tenido un agradable viaje.

Georgiana y Margaret se ruborizaron y soltaron unas risitas nerviosas ante la sonrisa de Leighton. Incluso la tía Blanche pareció dejarse seducir por su encanto.

—Oh, sí, muchísimas gracias, milord —respondió la mujer, casi con coquetería—. Es muy amable por vuestra parte preguntar.

—Sin embargo, seguramente estarán cansados —intervino Francesca—. ¿Puedo mostrarles sus habitaciones?

Francesca se los llevó al piso de arriba, caminando junto a Constance, a la que llevaba tomada del brazo.

Constance se sintió muy agradecida hacia su amiga al comprobar que su habitación estaba junto a la de Francesca, y al otro lado del pasillo de las que iban a ocupar sus tíos y sus primas. Sospechó que Francesca lo había planeado así y la bendijo. Sería mucho más fácil evitar tener que ayudar a sus primas con su guardarropa si no estaba en la puerta de al lado.

Su baúl ya estaba en el dormitorio, y había una doncella sacando su ropa y poniéndola en la cómoda. Le hizo una reverencia a Constance.

—Soy Nan, señorita. Si quiere algo, sólo tiene que llamarme —afirmó, y señaló una campanilla que había junto a la puerta—. Lady Haughston dijo que Maisie iba a peinarla, pero yo estoy aquí para ayudarla con la ropa. La cena es a las ocho. ¿Le gustaría descansar primero?

Nan ayudó a Constance a quitarse la pelliza de viaje mientras hablaba. Cuando terminó, Constance se lavó para quitarse el polvo de las manos y la cara, y se cepilló el pelo. Más tarde se tendió en la cama, no con intención de dormir, sino pensando en lo delicioso que era gozar de la paz absoluta después del traqueteo del viaje y el incesante parloteo de sus primas y su tía. Ni siquiera se dio cuenta de que se había quedado dormida hasta que se despertó un poco más tarde a causa del ruido de la doncella, que volvía a entrar en la habitación. Nan llevaba el vestido que Constance había elegido para ponerse aquella noche, recién planchado. Era de encaje y satén blanco, con un escote bajo y bordeado también de encaje blanco.

Nan la ayudó a ponerse el vestido nuevo, y estaba terminando de abotonarle la espalda cuando alguien llamó a la puerta, y Francesca entró seguida por su doncella.

—¡Oh, Constance! —dijo Francesca con admiración—. Es una preciosidad. La señora de Plessis hizo un maravilloso trabajo. Qué guapa estás. Ahora, siéntate, y Maisie te peinará.

Constance obedeció gustosamente, y Maisie comenzó a hacer magia, como de costumbre, recogiéndole y ondulándole el pelo hasta que la melena le cayó en una profusión de rizos por alrededor de la cara. Mientras Maisie trabajaba, Francesca se sentó en una silla y observó mientras hablaba.

—Habría compañía interesante esta noche —le prometió a Constance, y se interrumpió un instante debido a un estornudo—. Dios Santo, perdóname. Cyril Willoughby, lo recordarás porque bailaste con él en la fiesta de lady Simmington, está aquí. Y Alfred Penrose. Lord Dunborough.

Constance escuchó sólo a medias mientras Francesca le hablaba sobre los invitados, sobre todo de los solteros, y describía sus personalidades y su apariencia. Constance sólo podía pensar en la velada que se acercaba y en ver a lord Leighton de nuevo.

—¡Ya está! —exclamó por fin Francesca, con una sonrisa resplandeciente—. Estás muy bella. Perfecta. Mírate.

Constance hizo lo que le había indicado Francesca; se acercó al espejo que había en un rincón del dormitorio y no pudo evitar sonreír al ver su reflejo. La mujer que veía no sólo era guapa, sino también sofisticada. Nadie la tomaría por una dama de compañía.

Francesca se acercó a ella y le pasó el brazo por la cintura.

—¿Preparada?

Constance asintió.

—Sí. Creo que sí.

—Bien. Entonces, bajemos las escaleras y capturemos unos cuantos corazones.

Todos los invitados se habían reunido en la antesala del comedor y estaban conversando mientras esperaban a que se sirviera la cena. Constance se detuvo en la entrada, asombrada por el gran número de caras desconocidas que aguardaban.

—No te preocupes, pronto conocerás a todo el mundo —le aseguró Francesca.

Entonces, Francesca se llevó a Constance por la sala y le presentó a los invitados. Fue vertiginoso y Constance temió que no recordaría la mitad de los nombres que le estaban diciendo. Fue un alivio ver a Cyril Willoughby, a quien recordaba de una fiesta anterior, y conocer a otras muchachas que parecían mucho más agradables que Muriel Rutherford. Con suerte, no tendría que pasar mucho tiempo con aquella mujer y con su madre.

Mientras seguían caminando por la habitación,

Constance vio entrar a lord Leighton y dirigirse a saludar a su madre y a la duquesa viuda de Chudleigh, que estaba a su lado. Después, él fijó la vista en Constance y sonrió antes de saludar a otro de los invitados. El trayecto de Leighton fue lento y serpenteante, con muchas pausas para saludar y ser saludado, pero Constance sabía que se dirigía hacia ellas.

Mientras, Francesca le presentó a lord Dunborough, un caballero que comenzó a hacerles un relato muy prolijo de su viaje a Redfields desde Londres; por suerte, cuando Leighton por fin llegó junto a su hermana, el caballero acababa de despedirse. Francesca suspiró de alivio, y Dominic la miró divertido.

–¿Estaba Dunny entreteniéndoos con su narración de la rueda rota?

–Sí. Si su viaje hasta aquí ha sido tan aburrido como su forma de contarlo, me sorprende que no haya muerto durante el camino.

–¿Y por qué se lo has presentado a la señorita Woodley? –le preguntó Leighton.

–Lo había evitado durante tanto tiempo que se me había olvidado lo denso que es –admitió Francesca–. Por favor, perdóname, Constance. Lo tacharemos de la lista –dijo, y miró hacia la puerta–. Ah, ahí están tus tíos. Debo presentarlos. Hazle compañía a la señorita Woodley, por favor, Dom.

–Será un placer –le aseguró Leighton.

Francesca los dejó y lord Leighton se giró hacia Constance.

—¿Lista? ¿A qué lista se refiere Francesca?

Constance se ruborizó un poco.

—No es nada. Lady Haughston me ha adoptado como su nuevo proyecto. Está decidida a encontrarme marido.

—¿Queréis casaros? —le preguntó él con desconcierto, arqueando una ceja.

Constance sacudió la cabeza.

—No. No debéis preocuparos por que me una al grupo de vuestras perseguidoras. No tengo interés en cambiar de estado civil.

—Entonces, ¿preferís la soltería?

—No es eso, pero prefiero no casarme con alguien a quien no haya elegido. Y una mujer sin dote no tiene mucha oportunidad de elegir —explicó Constance encogiéndose de hombros, con una sonrisa para suavizar las palabras.

—Ah, entonces somos compatriotas, señorita Woodley, fugitivos del mercado del matrimonio.

—Sí, aunque yo no tengo que huir de mis admiradores —replicó ella en broma.

—Eso no lo creo. ¿Hay tan pocos hombres inteligentes?

—Quizá, como vos, no tengan interés en casarse —dijo Constance—. Y cualquier interés de otro tipo es peligroso para una mujer.

Constance estaba disfrutando de la conversación, pero en un determinado momento alzó la vista y de nuevo se encontró con la mirada de antagonismo de la señorita Rutherford. Constance no entendía a qué se debía la enemistad de aquella mujer. Quizá tuviera algo que ver con lord Leighton, y ella se preguntó si habría algún tipo de vínculo entre la señorita Rutherford y él.

Constance miró de nuevo el rostro de Leighton. Él también la estaba mirando, y en su rostro no había nada salvo la misma diversión alegre que ella estaba sintiendo con su conversación. Aquél no podía ser el semblante de un hombre que estaba comprometido con otra mujer. Ni tampoco sus comentarios jocosos sobre escapar del matrimonio daban ninguna indicación de que lo estuviera. Constance pensó que debía de estar equivocada en cuanto a la razón del desagrado evidente que la señorita Rutherford sentía hacia ella. Fuera cual fuera aquel motivo, Constance tomó la determinación de hacer caso omiso de aquella mujer en el futuro.

Leighton comenzó a hablar de nuevo, pero en aquel momento se anunció la cena, y él tuvo que excusarse para acompañar a su madre al comedor. Lord Selbrooke los guió a todos hasta las puertas dobles de la estancia y las abrió. La duquesa viuda de Chudleigh caminó tambaleándose de su brazo hacia la gran sala, y después entraron lord Leighton y lady Selbrooke, y el resto de los invitados pasó tras ellos.

Sir Lucien, a quien Constance no había visto hasta aquel momento, apareció a su lado y le ofreció el brazo, y ella le sonrió con gratitud. Sin Francesca se sentía un poco perdida entre tantos extraños. Ella estaba sentada casi al final de la mesa, a cierta distancia de Francesca y de lord Leighton, que estaban sentados al otro extremo.

Afortunadamente, ella se encontraba entre sir Lucien y Cyril Willoughby, un hombre muy agradable de unos treinta años y de inteligentes ojos castaños. Constance había sentido un poco de preocupación por cómo sería la conversación durante la cena, pero sabía que sir Lucien era capaz de proporcionar una charla interesante y, además, ella había hablado en otras ocasiones con el señor Willoughby y sabía que era amable y buen conversador.

La comida, por lo tanto, fue un evento agradable que duró una hora. Sir Lucien le proporcionó a Constance, con discreción, una historia social de cada uno de los comensales, y Constance y el señor Willoughby hablaron sobre uno de los períodos favoritos de la historia, la Guerra de las Rosas. Además, él le contó que poseía una casa de campo en Sussex, y le describió con evidente afecto el pueblecito en el que se encontraba.

Constance disfrutó de su conversación con él, y entendió por qué Francesca lo había incluido como posible pretendiente. Era inteligente, culto y refinado, además de buena persona. Un hombre con el que cualquier mujer estaría contenta de casarse. Sin embargo, pese a todas aquellas cualidades, el señor Willoughby no le causaba a Constance ni una pequeña parte de la emoción y excitación que se adueñaban de ella siempre que lord Leighton se le acercaba.

Por supuesto, ella no esperaba nada de lord Leighton, y no tenía la intención de cometer el error de enamorarse de él, porque sabía que no tenía ninguna posibilidad de conseguirlo. Sin embargo, tampoco concebía la idea de casarse con un hombre por el que no sentía ninguna pasión. Por muy agradable que fuera el señor Willoughby, Constance no se veía pasando el resto de su vida con él.

Y aunque no había pasado mucho tiempo con ninguno de ellos, sospechaba que sentiría lo mismo por el resto de los hombres a los que Francesca había invitado a aquella reunión. Esperaba sinceramente que Francesca no se sintiera muy decepcionada cuando, finalmente, Constance no se comprometiera con nadie. Después de todo, ella se lo había advertido, pero...

Cuando terminó la cena, los caballeros se retiraron al salón de fumadores y las mujeres a la sala de música. Lady Selbrooke le sugirió a la señorita Rutherford que las entretuviera tocando el piano, y la muchacha obedeció. Se acercó al instrumento y buscó una partitura. Después se sentó a tocar.

Muriel Rutherford era una buena pianista, tuvo que reconocer Constance. Sin embargo, aunque tocaba con una técnica perfecta, no tenía ninguna pasión, y la pieza que había elegido era oscura y lenta. A causa de aquella música y de la comida copiosa que acababan de terminar, Constance se vio luchando por mantener los ojos abiertos. La anciana duquesa no lo había conseguido y estaba dando cabezadas.

Junto a Constance, Francesca suspiró y se abanicó suavemente. Alzó el abanico para ocultar la parte inferior de su rostro y murmuró:

—Mi madre se acuesta pronto. Creo que quiere animar al resto de las invitadas a que hagan lo mismo, y por eso le ha pedido a Muriel que toque.

Constance sonrió y bajó la cabeza para disimular.

—Eres muy mala.

—Pero sincera. Lo que daría por ser un hombre ahora para poder escapar de esto —replicó Francesca—. No entiendo por qué mamá... —entonces no pudo proseguir debido a un estornudo. Estornudó dos veces más rápidamente, haciendo todo lo posible por ahogar el sonido—. ¡Demonios! Sigo estornudando. Espero no haber atrapado un resfriado.

Lady Rutherford, que estaba sentada en una silla cercana al piano, se volvió con el ceño fruncido para ver quién estaba interrumpiendo la actuación de su hija con sus estornudos. Francesca le lanzó una sonrisa de disculpa. Un momento después, se irguió y miró a Constance con picardía. Agitó el abanico de nuevo, se inclinó hacia ella y le susurró:

—Sígueme la corriente.

Constance asintió, confusa. Francesca se apoyó en el respaldo de la silla, moviendo el abanico con una expresión sospechosamente angelical. Entonces comenzó a toser. Primero una vez, y después varias veces, intercalando las toses con estornudos. Lo hizo con tanto realismo que Constance sintió una punzada de preocupación.

—¿Estás bien? —le preguntó en voz baja.

Francesca, que estaba cubriéndose la boca, no pudo responder. Negó con la cabeza y comenzó a levantarse. Constance se levantó también y la tomó por el brazo. Murmurando disculpas, Constance ayudó a Francesca, que continuaba tosiendo, a salir de la habitación.

Una vez fuera, Francesca tosió unas cuantas veces más mientras recorría el pasillo, mirando a Constance con una sonrisa. Constance contuvo una carcajada y se apresuró a seguir a su amiga.

—¿Estás bien? —le preguntó de nuevo cuando llegaron a la escalera.

Francesca sonrió perversamente, se cubrió la cara con el pañuelo y volvió a estornudar.

—No lo sé —respondió sinceramente—. La tos era fingida, pero los estornudos... espero no estar enferma y tener que perderme la salida de mañana.

—¿Qué salida? —preguntó Constance mientras subían las escaleras.

—Es una excursión al pueblo para ver la iglesia. El rector va a darnos una charla sobre su historia. Parece que es un buen ejemplo de torre normanda... oh, y otras cosas más que no recuerdo. Estoy segura de que será aburrido, pero al menos es una salida, y la duquesa, mi madre y lady Rutherford no irán, así que eso lo hace más interesante.

Constance se rió.

—Sin embargo —advirtió Francesca—, tu tía se ofreció voluntaria para acompañar al grupo, cosa que mi madre aceptó rápidamente. De todos modos, creo que habrá oportunidad para hablar un poco y quizá para coquetear...

Observó a Constance con una mirada de esperanza e interrogación al mismo tiempo.

—No me opongo a eso —dijo Constance.

—He visto que estabas sentada junto al señor Willoughby —continuó Francesca—. ¿Qué te ha parecido?

—Es un hombre muy agradable —respondió Constance.

—¿Pero? —le preguntó Francesca.

—Espero que no me creas una desagradecida, Francesca, pero tengo que decirte que creo que hay pocas esperanzas de que yo... bueno, seguro que parece engreído por mi parte decir esto, porque apenas nos conocemos y dudo que él me propusiera nunca el matrimonio, pero de veras creo que, aunque lo hiciera, yo no podría aceptar. Es un hombre muy agradable, pero yo no creo que pudiera quererlo, y...

—Sss, vamos, no te angusties —le dijo Francesca, apretándole suavemente la mano—. No me molestaré contigo si no te comprometes. Y además, ¡no espero que suceda en dos semanas! Tenemos mucho tiempo, y hay muchos hombres en el mundo aparte de Cyril Willoughby, aquí y en Londres.

La ansiedad que había sentido Constance disminuyó considerablemente.

—Me alegro de que me digas eso. Soy consciente de lo mucho que has hecho por mí, y de veras, te estoy muy agradecida.

—Tonterías. Yo me estoy divirtiendo mucho. Además, ¿qué he hecho, aparte de ir de tiendas y conseguir unas cuantas invitaciones? Debería ser yo la que te diera las gracias por animar esta fiesta. Siempre es muy aburrida.

Habían llegado ya a la habitación de Francesca, y ella decidió avisar a su doncella y desvestirse para acostarse.

—Dada mi representación de la sala de música, supongo que lo mejor será que me vaya a la cama.

Así que Constance se fue a su habitación. Su paz era preferible a escuchar tocar el piano a Muriel Rutherford. Sin embargo, aún no tenía sueño, y no sabía qué hacer. Decidió bajar a la biblioteca a buscar un libro. Se había dado cuenta de dónde estaba la biblioteca al bajar a cenar con Francesca, y era una gran habitación con cientos de libros. Estaba segura de que podría encontrar algo con lo que pasar la velada.

Bajó las escaleras y recorrió el pasillo hacia la biblioteca, moviéndose tan silenciosamente como un ratón. Entró, cerró la puerta y se puso a observar los libros que había sobre las estanterías del fondo.

Hubo un ruido tras ella y Constance se giró rápidamente con el corazón acelerado. Soltó un grito al ver a un hombre sentado en el sofá, mirándola. Al instante reconoció a lord Leighton, y con un inmenso alivio, se posó la mano sobre el corazón.

—Tenemos que dejar de encontrarnos así —le dijo él—. Alguien va a empezar a hablar.

—Me habéis asustado —le dijo Constance—. ¿Dónde estabais? No os he visto al entrar.

—Estaba tumbado —le dijo él, levantándose y acercándose a ella—. Escondiéndonos de nuevo, ¿no? ¿De quién esta vez? ¿De la tía? No, espera. Conozco la respuesta. Sin duda, es por la misma persona por la que me estoy escondiendo yo. Muriel está torturando el piano.

Constance soltó una risita, pero intentó aparentar severidad cuando dijo:

—Es una excelente pianista.

—Sin duda. Pero tienes razón. Me he expresado mal. En realidad, ella tortura a su audiencia.

—Seguramente, vos estabais a salvo en el salón de fumadores, con los demás hombres —dijo Constance.

—Oh, no, porque mi padre está allí —señaló él.

Constance arqueó las cejas. Claramente, padre e hijo estaban distanciados, tal y como ella había sospechado por el modo tan distante en el que Leighton mencionaba a sus padres y por el hecho de que apenas visitara Redfields. Constance se preguntó por qué, pero habría sido de muy mala educación formular aquella cuestión, así que no lo hizo.

—Siento haberte importunado en tu retiro —le dijo.

—Tu presencia nunca puede ser molesta —le dijo él galantemente—. Vamos. Quédate y habla conmigo.

Leighton le hizo un gesto y le señaló el sofá y las sillas que había en mitad de la sala.

Constance miró hacia la puerta. No era propio estar a solas, a aquellas horas de la noche, con un hombre extraño en una sala cuya puerta estaba cerrada, aunque fuera una sala tan pública como la biblioteca.

Él se acercó a ella y le dijo:

—¿Tienes miedo de estar a solas conmigo? Prometo que no comprometeré tu virtud.

A Constance se le aceleró el pulso. Recordaba la última vez que había estado a solas con Leighton y lo que había ocurrido entonces. Lo miró a los ojos y vio que se le iluminaban de repente, y supo que él también estaba pensando en aquel beso.

Él alzó la mano y le acarició la mandíbula con los nudillos.

—Lo sé. No pude resistirme a ti la última vez, así que, ¿por qué ibas a fiarte ahora de mí? Es lo que piensas, ¿no?

—Creo que es una pregunta legítima, sí —respondió ella con la respiración entrecortada. Notaba calor en la piel, en los puntos donde él le había acariciado con los dedos, y le latía el corazón con tanta fuerza que Constance se preguntó si él lo oiría.

—Aquella vez sólo fue por diversión —le dijo él suavemente—. No te conocía, y no pensaba que te vería de nuevo. Fue sólo... un momento de tontería, un poco de placer.

—¿Y ahora?

—Ahora es distinto, ¿no?

—¿Te refieres a que soy amiga de tu hermana? —le preguntó ella, intentando aparentar que su mirada no la afectaba.

—No. Porque ahora significaría algo.

Se miraron el uno al otro durante un largo momento. Constance pensó que quizá él la besara nuevamente. Y era un poco chocante saber que eso era exactamente lo que quería. Constance se ruborizó, sin saber si aquel calor en sus mejillas lo provocaba la vergüenza o el deseo.

Parecía que el aire chisporroteaba entre ellos. Entonces, dejó caer la mano y dio un paso atrás.

Constance tragó saliva y se volvió.

–Yo... será mejor que vuelva a mi habitación.

–Pero si no has elegido ningún libro –le hizo notar él.

–Oh –susurró ella. Se giró de nuevo hacia las estanterías y tomó un libro a ciegas. Se lo sujetó con fuerza contra el pecho, casi como si fuera un escudo, y dijo–: Buenas noches, milord.

–Buenas noches, señorita Woodley. Que durmáis bien.

Había muy pocas posibilidades de que consiguiera conciliar el sueño, iba pensando Constance mientras caminaba apresuradamente hacia las escaleras para subir a su cuarto. Estaba tan nerviosa y era tan consciente de sus sentidos, y tenía la mente tan llena de pensamientos sobre lo que acababa de ocurrir, que no creía que pudiera dormirse.

«Porque ahora significaría algo», le había dicho Dominic. ¿A qué se refería? ¿Al amor? ¿Al matrimonio? No, claramente aquello era algo absurdo. Ellos apenas se conocían. Sin embargo, no significaría algo vacío y pasajero, una mera diversión. Entonces, por contraste, ¿significaría algo profundo? ¿O al menos, un paso en la dirección de algo profundo?

Constance entró en su habitación y cerró la puerta. Se acercó a la ventana y miró hacia la oscuridad. Quizá lo que él había querido decir, sencillamente, era que, si volvían a besarse, ella estaría dando un paso que sólo podía conducirla hacia su desgracia social.

El heredero de un condado no se casaba con la hija pobre de un barón. La noche en que Francesca había confeccionado la lista de posibles pretendientes que asistirían a Redfields, Constance se había dado cuenta de que no mencionaba a lord Leighton. Constance sabía que Francesca le profesaba afecto, pero claramente no la consideraba una novia aceptable para su hermano. Y mucho menos, lord y lady Selbrooke.

Por lo tanto, con toda probabilidad, sus palabras habían sido una advertencia. Sin embargo, a Constance no le habían parecido así; francamente, le había sonado más como una invitación...

Apoyó la cabeza contra el marco de la ventana y, con los ojos cerrados, recordó aquel beso, el roce de su respiración contra la piel, la sensación de firmeza de sus labios, el calor y el deseo que se habían adueñado de ella.

Constance sacudió la cabeza para quitarse de la mente todos aquellos pensamientos y se apartó de la ventana. Se dio cuenta de que aún tenía el libro agarrado fuertemente contra el pecho y se lo apartó del cuerpo para poder leer el título.

Era *Leviatán*, de Thomas Hobbes. Una lectura relajante para aquella noche, pensó con ironía.

Dejó el libro sobre la cómoda y, con un suspiro, comenzó a desabotonarse el vestido. La doncella, Nan, le había dicho que la llamara cuando necesitara ayuda, pero a Constance no le apetecía tener compañía en aquel momento. Quería estar a solas con sus pensamientos. Seguramente, iban a mantenerla en vigilia durante mucho tiempo, pero no tenía importancia. Por primera vez desde hacía mucho tiempo, se sentía viva. Y tenía intención de disfrutar de aquella sensación al máximo.

A la mañana siguiente, cuando Constance bajó a desayunar, Francesca no estaba en el comedor. Ella tuvo una agradable conversación con las dos señoritas Norton, un par de hermanas jóvenes muy agradables que habían ido a Redfields con su hermano Philip, desde su finca de Norfolk. Las muchachas tenían diecisiete y dieciocho años, y por lo tanto estaban en edad de hacer su debut en sociedad.

Estaba claro que ambas consideraban su visita a Redfields como algo muy sofisticado en comparación con las asambleas de su condado y las pequeñas fiestas que se celebraban en el ámbito rural, y que debían de haber constituido toda su vida social hasta el momento. Ambas estaban muy emocionadas con la excursión al pueblo de aquel día.

Habría un landó abierto para las señoras y aquéllos que no montaran a caballo, le dijeron a Constance, pero los invitados que desearan cabalgar dispondrían de caballos. Y eso era lo que ellas habían pensado hacer.

—Aunque, por supuesto, pareceremos muy torpes en comparación con la señorita Rutherford —le dijo la señorita Elinor Norton a Constance, con una sonrisa que daba a entender su despreocupación al respecto.

—Es una excelente jinete, según tengo entendido. Incluso se ha traído su propia montura —añadió su hermana, Lydia.

—Ayer nos dijo que no podía soportar montar otro caballo que no fuera el suyo.

—No me esperaría otra cosa —ironizó Constance.

—¿Sabe usted montar a caballo, señorita Woodley? —le preguntó su hermano Philip.

Ella sonrió.

—No soy tan experta como la señorita Rutherford, pero sí, sé montar. Sin embargo, hace muchos años que no lo hago y, además, no se me ocurrió traer el traje de amazona.

En realidad, ni siquiera había llevado el traje a Londres, porque nunca hubiera pensado que lo necesitaría. Así que tendría que ir al pueblo en el landó con las señoras. Al menos, así no tendría que formar parte del mismo grupo que Muriel Rutherford, lo cual era algo positivo.

Cuando terminó el desayuno, Constance subió a la

habitación de Francesca, porque le parecía preocupante la ausencia de su amiga. Por desgracia, descubrió que su preocupación era acertada, puesto que Francesca estaba en la cama, abrigada y apoyada contra el cabecero, con la cara enrojecida, la nariz congestionada y los ojos llorosos.

—Oh, Constance —dijo con voz quejumbrosa y ronca—. Lo siento muchísimo. Parece que he atrapado un terrible resfriado.

—Por Dios, no me pidas disculpas. Tú no te has resfriado a propósito.

—Pero no podré ir a la iglesia —le dijo Francesca, y después se interrumpió para estornudar varias veces.

—Claro que no. Tienes que quedarte en cama para curarte. Yo me quedaré contigo y te cuidaré, ¿de acuerdo?

—¡Oh, no! ¡No debes hacer eso! —graznó Francesca—. Maisie me atenderá y me pondrá trapos húmedos sobre la frente. ¡Prométeme que irás a la excursión!

Francesca estaba tan alarmada que Constance se apresuró a asegurarle que iría, tal y como ella le había pedido.

—Pero me angustia dejarte aquí sola, sintiéndote tan enferma.

Francesca tosió, pero sacudió la cabeza firmemente.

—No. No te he invitado a Redfields para que te quedes cuidando a una enferma. Ve y diviértete.

Constance se sintió muy egoísta al abandonar a su

amiga, pero Maisie entró en la habitación con un cuenco de agua y hierbas aromáticas, que dejó sobre la mesilla de su señora. Después le aseguró a Constance que Francesca prefería que se marchara.

—La verdad es, señorita —le dijo a Constance confidencialmente, mientras la acompañaba hacia la puerta—, que ella odia que cualquiera la vea así. Está acostumbrada a mí, y yo sé lo que tengo que hacer.

Constance pensó que la fiel doncella de Francesca llevaba muchos años cuidándola y sin duda lo haría mucho mejor que ella misma. Así que con la conciencia tranquila, bajó a unirse a los demás.

No pudo negar que sintió una punzada de envidia al ver a Muriel Rutherford erguida sobre su caballo. Llevaba un traje de amazona de corte masculino, gris oscuro, y un sombrero de aire militar, y controlaba con facilidad su montura. Tenía una mirada casi de calidez en los ojos. Claramente, aquél era el entorno que mejor se adaptaba a ella.

Leighton también iba a caballo, como la mayoría de la gente joven. Constance se fijó, al instante, en su asombrosa figura. Era alto y ancho de hombros, y parecía que había nacido sobre la silla de montar. Recordó que Francesca le había contado que su hermano había formado parte de los Húsares, y Constance se lo imaginó cabalgando, dirigiendo una carga contra el enemigo.

Constance se resignó a trasladarse en el landó con

su prima Georgiana, que no soportaba los caballos, con la señorita Cuthbert, una muchacha solemne y callada, que si Constance recordaba bien, era sobrina nieta de la duquesa, y con su tía Blanche.

Durante el trayecto, mientras Constance escuchaba a medias el incesante parloteo de su tía, que se deshacía en alabanzas hacia lady Muriel, se quedó asombrada al ver que lord Leighton se separaba del grupo a caballo y se acercaba al landó. Hizo una reverencia general, quitándose el sombrero; entonces, Georgiana y la tía Blanche se irguieron y lo saludaron efusivamente. Constance notó que incluso la señorita Cuthbert se animaba un poco más en su presencia.

Él miró a Constance.

—Señorita Woodley, siento que no montéis a caballo hoy.

—Sí, milord. Ojalá pudiera, pero no pensé en traer el traje de amazona —respondió ella con sinceridad.

—Seguro que eso tiene remedio —le dijo él—. Probablemente, en casa habrá alguno que os siente bien. Debemos salir a montar alguna tarde. Me gustaría enseñaros la finca.

—Eso me gustaría mucho —respondió Constance, y por el rabillo del ojo, vio que su tía y su prima la fulminaban con la mirada.

—Creo que tenéis una preciosa casa de verano —intervino la tía Blanche—. Seguro que a los jóvenes les encantará verla. ¿No te gustaría, Georgiana?

—Oh, sí, mamá —respondió Georgiana con entusiasmo.

—Se lo diré a mi madre —respondió Leighton con suavidad—. Quizá ella organice una excursión para visitar la casa de verano, si no tiene ninguna otra preparada.

Constance contuvo una sonrisa al ver lo hábilmente que él había evitado acceder a la petición implícita de llevar a Georgiana a ver aquel lugar que había hecho su tía Blanche.

Él continuó junto al landó, charlando sobre la visita a la iglesia y otros asuntos por el estilo. A Constance no le importaba el tema de conversación. Para ella era una delicia ir en su compañía. Incluso la presencia de su tía y su prima era más llevadera con él a su lado.

Constance se dio cuenta de que, más de una vez, Muriel Rutherford se volvía a mirarlos con una expresión helada. Finalmente, cuando el landó se detuvo sobre un pequeño puente de piedra para admirar las vistas, la señorita Rutherford detuvo su caballo y se acercó a ellos.

—¿Ocurre algo? —preguntó—. ¿Necesitáis volver a la casa?

Constance supo con seguridad que Muriel deseaba estar en lo correcto. Y se sintió muy satisfecha al poder dar al traste con sus esperanzas.

—No, sólo nos hemos detenido a contemplar la vista. Es una preciosidad, ¿no os parece?

Muriel la miró por encima del hombro, como si estuviera sorprendida de que Constance se hubiera dirigido a ella. Miró con indiferencia hacia el río, cuyas riberas estaban bordeadas de sauces llorones.

—Sí, supongo que sí —respondió. Después miró a Leighton—. Me asombra que te hayas quedado atrás, Dominic. ¿Está herido Arion?

—No, está tan sano como siempre —respondió Leighton, y le dio unos golpecitos al caballo en el cuello.

—Debe de estar irritado por tener que ir a un paso tan lento —comentó Muriel con una sonrisa desdeñosa.

Dominic arqueó una ceja, con una expresión divertida en el rostro.

—¿Estás criticando cómo manejo mi montura, Muriel?

La señorita Rutherford se ruborizó ante su pregunta.

—Por Dios, no, claro que no. Todo el mundo sabe eres un jinete excepcional. Sólo estaba… sorprendida por que cabalgaras tan despacio.

—Estaba disfrutando de la conversación con estas encantadoras señoras —respondió Leighton amablemente—. Quizá quieras unirte a nosotros.

La señorita Rutherford miró el carruaje. Constance sospechó que, para aquella mujer, cabalgar junto al landó sería rebajarse. Sin embargo, Muriel se encogió de hombros y sonrió a Leighton.

—Claro, ¿por qué no?

El resto del trayecto no fue tan agradable, porque Muriel hizo todo lo que pudo por entablar con el vizconde una conversación sobre gente, lugares y sucesos que las otras mujeres no conocían.

Afortunadamente, no quedaba mucho para alcanzar su destino. Poco después de pasar el puente, llegaron al tranquilo pueblo de Cowden. La torre almenada de la iglesia se divisaba por encima de los árboles, y pronto llegaron hasta ella; al lado estaba el camposanto, al que se accedía por una puerta con tejadillo.

Los otros miembros del grupo ya habían desmontado y estaban en el lado sombrío del patio de la iglesia, charlando. Habían entregado las riendas de los caballos a los dos mozos que los acompañaban.

Leighton desmontó y se volvió para ayudar a bajar a las damas del landó. Cuando todos se reunieron, el rector salió a recibirlos. Era un hombre de pelo blanco, corpulento, que les dedicó una amplia sonrisa.

—Muy bien, muy bien. Sean bienvenidos a la iglesia de San Edmundo —les dijo alegremente—. No es frecuente que tengamos visitantes tan distinguidos. Lord Leighton —le dijo al vizconde, con una sonrisa incluso mayor.

Después los condujo hasta la iglesia, explicándoles las características y la historia de la torre normanda, que databa del siglo trece, y del precioso forjado que adornaba las puertas y ventanas de madera. Dentro del edificio, continuó ensalzando las virtudes históricas y arquitectónicas del tempo, haciéndoles notar las ventanas con vidrieras flamencas, a través de las cuales se filtraba el sol y derramaba colores brillantes sobre el suelo de piedra.

Pasaron junto a tumbas cubiertas con las efigies de damas y caballeros, incluyendo el punto principal de la iglesia, una lápida muy detallada que rendía homenaje a sir Florian FitzAlan, un caballero del siglo trece que era el precursor de todos los otros señores Leighton y condes de Selbrooke cuyas tumbas se sucedían junto al muro este del templo. Estaba representado en una escultura yaciente, con la espada prendida al costado, las manos dobladas en actitud de oración sobre el pecho y los pies apoyados sobre el lomo de su fiel sabueso de caza.

Mientras el grupo seguía al rector en su explicación del resto de las tumbas, de los bancos jacobinos de madera de nogal y del púlpito, Constance se quedó un poco retrasada, admirando las efigies y los monumentos, atraída por los detalles artísticos y las vidas de aquellos caballeros.

—Los FitzAlan somos una caterva de engreídos, ¿verdad? —murmuró con ironía una voz masculina a su espalda.

Constance se volvió y vio a lord Leighton, que asintió hacia una placa de bronce que relataba todas las virtudes del primer conde de Selbrooke.

Constance sonrió.

—Supongo que la mayoría de las tumbas y sus lápidas describen a sus ocupantes en términos halagadores.

—Mmm, sin duda. Pero yo he visto el retrato de este sujeto, y te aseguro que parece más un tirano que «un hombre bondadoso y gentil, padre y señor». Éste otro, sin embargo —prosiguió Dominic, señalando otra placa de bronce que había unos cuantos metros más allá—, tenía una barbilla débil y una mirada de atormentado. Se dice que su mujer era un tiburón, y quizá por eso tenga esa expresión de miedo.

Constance se rió y le contestó en voz baja:

—Creo que eres demasiado severo con tus antepasados.

—No dirías eso si hubieras visto la galería de sus retratos. Te la enseñaré mañana, y lo entenderás mejor.

Siguieron caminando lentamente por la iglesia, mirando las estatuas. Dominic le señaló ciertas frases y nombres que le habían llamado la atención durante años, murmurándole a Constance comentarios sarcásticos sobre muchos de ellos.

—Ya basta —le dijo ella con una severidad burlona—, Vas a conseguir que me eche a reír en la iglesia.

Él miró al grupo, que estaba reunido en la pequeña capilla lateral, escuchando la explicación del sacerdote sobre el estilo perpendicular de las ventanas. Después la tomó del brazo y señaló con un gesto de la cabeza hacia la salida trasera.

–Entonces vayamos fuera, donde no alteremos la santidad de este lugar.

Constance lo siguió hasta que salieron al antiguo cementerio que había tras el templo. El camposanto era un lugar verde y fresco, sombreado por altos robles y tejos. Las losas de las tumbas estaban cubiertas de líquenes, y había flores en las urnas de piedra.

Dominic y Constance pasearon tranquilamente, sin apenas hablar, por entre las tumbas y las estatuas, deteniéndose de vez en cuando para leer las inscripciones de las lápidas.

Constance se sentía relajada con Dominic. Hablaron de las tumbas y de los difuntos cuyos nombres él conocía. Hablaron sobre la iglesia, sobre el pueblo, sobre Redfields. Él le preguntó por sus padres, y ella le habló de su madre, a la que apenas recordaba, y sobre su padre, quien la había criado y con quien la unía un fuerte vínculo.

–Parece que lo querías mucho –le comentó él.

–Sí. Aún lo echo de menos. Pasábamos muchas horas juntos, charlando o leyendo. Sé que la esposa del pastor a menudo se desesperaba con él. Ella pensaba que él debía hacer un esfuerzo por ayudarme a establecer mi posición en la vida. A menudo oí como le reprochaba que fuera egoísta. Sin embargo, él no podía saber que si retrasaba uno o dos años el hecho de llevarme a Londres para presentarme en sociedad, se pondría enfermo y no podría hacerlo. Y, cuando enfermó, yo no podía dejarlo.

—Debió de ser doloroso —dijo Leighton comprensivamente—. Pero también debió de ser una cosa maravillosa tener esa relación de cariño con un padre.

—¿Tú y tu padre no tenéis una relación estrecha? —le preguntó ella con tacto.

Él sacudió la cabeza con una sonrisa de ironía en los labios.

—No, no tenemos una relación estrecha. Ése es un modo… delicado de describirlo.

Llegaron a una parte del cementerio que se distinguía de las demás porque estaba rodeada de un murete. Estaba muy cuidada. Había una cripta de piedra que reproducía un Partenón en miniatura, en cuya parte superior unos ángeles tallados en piedra sujetaban un escudo de armas con el nombre de FitzAlan. Alrededor del mausoleo central había otras tumbas, cada una con su lápida de mármol.

—Éste es el panteón de la familia —le dijo Leighton mientras paseaban alrededor del murete que lo rodeaba—. Aquí descansan los miembros menos conocidos, y los que han fallecido más recientemente. Parece que nos preocupamos de que no nos recuerden.

Constance lo siguió, leyendo los nombres y las fechas de las lápidas. Dominic se detuvo ante una de las tumbas. Por primera vez desde que lo había conocido, vio una sombra de tristeza en su mirada.

Ella miró el nombre del sepulcro: *lady Ivy FitzAlan, Amada Hija*. Lady Ivy había muerto doce años antes, en enero, y Constance se dio cuenta, por las fechas de su nacimiento y su muerte, de que había muerto muy joven, a los dieciséis años.

—Era mi hermana —dijo Dominic en voz baja—. La más pequeña de todos.

Instintivamente, Constance le tomó la mano.

—Lo siento muchísimo. ¿Estabais muy unidos?

—No tanto como yo debería haber estado —respondió él con amargura.

Constance lo miró, preguntándose qué quería decir. Sin embargo, no podía hacer preguntas sobre algo tan privado. Se limitó a apretarle la mano suavemente. Él la miró y sonrió, devolviéndole la presión de la mano.

—Gracias —murmuró.

Del otro lado del cementerio oyeron el sonido de unas voces, y ambos miraron hacia la iglesia. El grupo estaba paseando por entre las tumbas. Muriel Rutherford caminaba junto al señor Willoughby, pero estaba mirando a su alrededor.

—Supongo que no podemos escaparnos más —le dijo él, con algo que parecía un gesto de irritación. Después, suavemente, le soltó la mano.

Volvieron con los demás. Muriel los vio, y Constance supo con seguridad que la mirada que le clavaba la joven era de ira, o de algo peor. Agarrada firmemente del brazo del señor Willoughby, Muriel se acercó a ellos.

—Leighton —le dijo a Dominic—. ¿Qué estás haciendo aquí en el cementerio?

Miró a Constance con desprecio, soltó al señor Willoughby y se agarró del brazo de Dominic en actitud posesiva.

—Debías de estar muy desesperado por escapar del sermón del rector para haberte dejado arrastrar aquí fuera a mirar las tumbas de tus antepasados. Algo muy aburrido, diría yo. Pero claro, supongo que las tumbas de la gente importante son interesantes para otras personas.

La joven miró por encima del hombro a Constance. Lo que quería decir estaba bien claro: Constance era una persona de clase social inferior, y por lo tanto, debía de sentir reverencia por familias como los FitzAlan, pero Muriel, por supuesto, no, porque pertenecía al mismo círculo que Leighton. Constance apretó con fuerza el puño del parasol, y sintió un fuerte deseo de darle un paraguazo a la otra mujer.

—¿Así que a ti, mi familia te resulta de poca importancia, Muriel? —le preguntó Leighton, con las cejas arqueadas, en un tono de ironía.

—¿Cómo? —preguntó Muriel, sorprendida. Entonces se ruborizó, y Constance sintió satisfacción al verla tan desconcertada—. Bueno, no... claro que no, no quería decir eso...

Entonces se quedó sin saber qué decir. Constance la miró en silencio, renuente a salir en ayuda de aquella mujer. Sin embargo, cuando el silencio se volvió algo opresivo, Constance cedió.

—Sin duda, la señorita Rutherford conoce muy bien a vuestra familia como para tener curiosidad sobre ella, milord —dijo Constance—. Somos nosotros, los extraños, los que queremos aprender más cosas sobre ellos.

Dominic miró a Constance complacido, y murmuró:

—Bien explicado, señorita Woodley.

Muriel, lejos de agradecerle la ayuda a Constance, la fulminó con la mirada.

—Creo que es hora de volver a Redfields, Dominic.

—Sin duda, tienes razón —dijo suavemente Leighton.

Se despidió de Constance y del señor Willoughby con un gesto de la cabeza y caminó con Muriel agarrada de su brazo hacia la iglesia. Willoughby los miró durante un momento, y después se giró hacia Constance.

—Extraña mujer —comentó con una sonrisa—. Ha estado muy bien por vuestra parte decir lo que habéis dicho.

Constance se encogió de hombros.

—Fue un momento embarazoso. Quizá la señorita Rutherford no quería ser insultante.

—Quizá no —convino él—. Verdaderamente, su forma de hablar es tan universalmente insultante que uno no sabe si ella entiende lo que dice. Más o menos, a mí me ha dicho que yo tendría que valer como acompañante por el cementerio, puesto que lord Leighton y lord Dunborough ya estaban ocupados.

Constance se rió.

—Entonces, yo diría que sois vos el bondadoso por haberle ofrecido vuestro brazo.

Él sonrió.

—Veréis, yo estaba dispuesto a conformarme con ella porque vos estabais ocupada, así que todo encajó —le explicó él. Después le ofreció el brazo—. ¿Puedo acompañaros al carruaje?

Constance asintió pensando que era completamente injusto que posar la mano sobre el antebrazo de aquel hombre no le produjera ni el más mínimo cosquilleo en el corazón.

Un poco más tarde, cuando llegaron a la casa, Constance fue directamente a ver a Francesca. Su amiga estaba durmiendo, pero Maisie le dijo a Constance que no estaba mejor. Incluso había empeorado, porque aquel día había tenido fiebre.

Constance le dijo a Maisie que ella se quedaría durante la velada de aquella noche con Francesca. Al principio, la doncella protestó, pero Constance le dijo que necesitaría descansar si quería pasar la noche atendiendo a su señora, tal y como le había dicho la doncella. Maisie se rindió ante aquel razonamiento y permitió que Constance ocupara su lugar durante unas horas.

Fue un trabajo fácil. Sólo requería que Constance estuviera sentada junto a la cama de Francesca y, periódicamente, le pusiera un paño refrescado con agua sobre la frente para bajarle la fiebre. Francesca se despertó un par de veces, y otra vez, Constance la despertó para darle una cucharada de tónico. No tenía mucha fiebre, así que estaba lúcida, y bastante irritada e intranquila por tener que estar en la cama.

—Eres muy buena por quedarte conmigo —le dijo a Constance.

—Tonterías. Ni siquiera estaría aquí si no fuera por ti —respondió ella—. De todos modos, estoy muy contenta por no tener que pasar la velada en compañía de nadie. He estado atrapada en un landó con mi tía durante mucho tiempo esta tarde, y te juro que aún me escuecen los oídos.

Francesca se rió, y entonces hizo un gesto de dolor, porque su risita se transformó en tos. Cuando finalmente se calmó, dijo:

—¿Y por qué has ido en el landó? ¿Por qué no has ido a caballo?

—No tengo el traje de montar aquí. Lo dejé en casa, en Wyburn.

—Oh, vaya. Debería haberlo pensado... —dijo Francesca, sacudiendo la cabeza—. Bien, no importa. Le diré a Maisie que saque el bajo del mío. Cuando estés sobre el caballo, no se notará aunque te quede un poco corto.

—Oh, no, no debes prestarme el tuyo.

—Bueno, yo no voy a usarlo. Ahora no puedo, y cuando me cure, no creo que deba montar. Además, ¿qué es una estancia en el campo si una no puede montar a caballo?

Constance cedió. Sabía que Francesca tenía razón. Sin embargo, no pudo evitar sentir una punzada de culpabilidad. ¿Estaría Francesca tan dispuesta a prestarle su traje de amazona si supiera que lord Leighton le había pedido que fuera a montar con él?

Constance tenía la sensación de que estaba engañando a su benefactora al no contarle nada de su amistad con lord Leighton. Sin embargo, por otra parte le parecía una tontería, e incluso algo presuntuoso, el hecho de decirle a Francesca que su hermano y ella habían estado charlando, o que él le había pedido que dieran un paseo a caballo juntos, como si creyera que el hermano de Francesca tenía algún interés serio en ella. Así pues, guardó silencio, recordándose que no había sucedido nada entre ellos y que lo más probable era que no sucediera nada.

Constance pasó la noche con Francesca; tomó la cena en su habitación, en una bandeja que le subieron las doncellas. Más tarde, ya de noche, Maisie entró en la habitación seguida de otros sirvientes, que llevaban una camita para que la muchacha pudiera dormir junto a su señora.

—Ya está, señora —le dijo a Constance, sonriendo—.

Ya estoy aquí, así que puede acostarse. Ha sido muy amable al sustituirme —añadió Maisie, y se acercó a Francesca—. ¿Cómo está?

—Ha dormido mucho —respondió Constance—. Durante un rato ha estado intranquila, pero después se despertó, y después volvió a dormirse.

—Bueno, no parece que tenga más fiebre —dijo Maisie—. Eso está bien. Espero que no se contagie usted, señorita. Mi señora se disgustaría mucho.

—No me resfriaré —le aseguró Constance—. Soy muy fuerte. Así pues, dígale a lady Haughston que no se preocupe por eso.

Constance le dijo a Maisie que pasaría a ver a Francesca de nuevo a la mañana siguiente y volvió a su habitación. De nuevo, le resultó difícil conciliar el sueño. No podía dejar de pensar en aquella tarde y en el paseo que había dado con Dominic. Intentó apartarse los recuerdos de la cabeza, pero no lo consiguió.

Lo único en lo que podía pensar era en verlo de nuevo al día siguiente.

A la mañana siguiente, después del desayuno, Constance fue a ver a su amiga, y comprobó que Francesca ya no tenía fiebre y que había pasado una buena noche. Era evidente que Maisie tenía la situación bajo control, así que Constance no encontró ningún motivo para quedarse.

Bajó las escaleras con algo de confusión. Los hombres, según había oído durante el desayuno, habían salido temprano a cazar, y no había ningún entretenimiento previsto para aquel día. Se sentía un poco fuera de lugar sin Francesca, así que pensó en ir a la biblioteca, tomar un libro y volver a su cuarto. Sin embargo, aquello hubiera sido poco sociable, incluso de mala educación.

Finalmente, caminó por el pasillo central hasta que llegó a una pequeña sala donde había varias mujeres. Allí estaban sentadas lady Selbrooke, lady Rutherford y las dos hermanas Norton, que parecían menos animadas aquella mañana. Constance no sabía si su silencio se debía a que se hubieran cansado demasiado el día anterior o a que la compañía era todo un aburrimiento.

Constance titubeó en la puerta, pensando en darse la vuelta, pero las hermanas la vieron.

—¡Señorita Woodley!

—Por favor, siéntese con nosotras.

Una de las muchachas se levantó y tomó a Constance de la mano para guiarla hasta el sofá donde las dos hermanas estaban sentadas. Dado el entusiasmo de su saludo, Constance pensó que era la compañía de las mujeres mayores lo que tenía tan adormiladas a las muchachas.

—¿Disfrutó en la excursión a San Edmundo? —le preguntó Elinor Norton.

—Sí, fue muy interesante —respondió Constance.

Antes de que pudiera continuar, su tía la interrumpió y exclamó:

—¡Por supuesto que disfrutó! ¿Cómo no iba a pasarlo bien? Fue muy interesante. Mis hijas no podían hablar de otra cosa durante la velada de ayer. Es una iglesia preciosa, lady Selbrooke —le dijo a su anfitriona, como si la iglesia de San Edmundo fuera un logro personal de la dama.

Después, la tía Blanche continuó hablando sobre las muchas virtudes de la iglesia. Junto a Constance,

Lydia y Elinor Norton se movieron con inquietud en sus asientos, y Constance vio a lady Rutherford y a lady Selbrooke intercambiar una mirada de exasperación. Constance notó que se ruborizaba de vergüenza a causa de su tía, pero estaba claro que la tía Blanche no tenía medida y no se daba cuenta de la reacción de su audiencia.

Intentando salvar a su tía de sí misma, Constance intervino en la conversación en cuanto la mujer hizo una pausa para tomar aire, y le preguntó a Elinor qué habían planeado su hermana y ella para aquella tarde.

—Habíamos pensado en dar un paseo por el jardín —respondió Elinor, animándose un poco.

—Hemos oído decir que es precioso —dijo Lydia—. ¿Le gustaría venir con nosotras?

—Qué buena idea —dijo la tía Blanche—, ir a explorar el jardín. Sin duda, mis dos hijas también querrán ir. Yo he dado un paseo esta mañana y ha sido delicioso.

Su tía cantó las alabanzas del jardín durante un buen rato. Constance intentó desviar la conversación hacia las demás presentes en la sala, pero fue imposible. Finalmente, lady Selbrooke se levantó, lo cual hizo que el caudal de palabras de la tía Blanche cesara.

—Lo siento. Espero que me disculpen —dijo la dama con una sonrisa tensa—, pero tengo que hablar con el ama de llaves sobre el menú de esta noche.

Después se despidió y salió.

—Qué dama tan distinguida —dijo la tía Blanche—. Es maravillosa.

—Sí, pobre mujer, tiene mucho que soportar —convino lady Rutherford.

—¿De veras? —preguntó la tía Blanche, con los ojos brillantes de interés.

Constance pensó que lady Rutherford había encontrado la manera de acallar a su tía: ofrecerle la posibilidad de chismorrear.

—Ha tenido muchas tragedias en su vida —continuó lady Rutherford—. Su hija pequeña murió hace diez o doce años. Sólo tenía dieciséis. Hace sólo dos años, su hijo mayor, el heredero, Terence, se rompió el cuello en una caída de caballo. Por supuesto, ella quedó destrozada. Lord Selbrooke también. Terence era su preferido. Era un hombre guapísimo; si estuviera vivo, sería él con quien Muriel... —lady Rutherford se quedó callada y sacudió la cabeza—. Pero ya no puede ser. El hecho es que murió, y Dominic pasó a ser el heredero. Sin embargo, me temo que lord Leighton ha sido una decepción para sus padres.

—¿En qué sentido? —preguntó la tía Blanche indiscretamente, para consternación de su sobrina.

—Por supuesto, ellos no esperaban que igualara a Terence; Terence era muy superior al resto de los hombres. Era un gran jinete, un buen deportista y tan guapo como un dios griego. Hacía bien todo lo que se proponía.

—Parece que era un dechado de virtudes —dijo Constance secamente, porque los excesivos halagos de lady Rutherford estaban consiguiendo que ella sintiera un perverso desagrado por el difunto.

—Sí, lo era —respondió lady Rutherford con vehemencia—. Era de esperar que Dominic no pudiera estar a su altura. Sin embargo, sí podía esperarse algo mejor de él, y no que se dedicara al juego, a la bebida y a las peleas. Leighton se abandona a todo tipo de vicios en Londres. Se dice que es un disipado —prosiguió la señora, y miró fijamente a Constance mientras hablaba—: Además, se dedica a cortejar a muchachas con las que no piensa casarse, y hace que crean que sus intenciones son serias; por supuesto, no lo son, y las muchachas son abandonadas.

Constance apretó los puños. Sin duda, aquellas palabras de lady Rutherford eran una advertencia para ella. Se negó a mostrar ningún tipo de reacción a la madre de Muriel, ni la ira ni la incredulidad que sentía. Se negaba a aceptar el retrato que aquella mujer había hecho de Dominic. Era sólo desprecio por parte de lady Rutherford, Constance estaba segura.

Sin embargo, la tía Blanche estaba embelesada con aquella sórdida historia.

—¡No! Y pensar que parece un joven tan agradable...

Lady Rutherford se encogió de hombros.

—Su ruina siempre ha sido la bebida, incluso antes

de convertirse en el heredero de su casa. Asistió borracho al funeral de su hermana.

—¡No! —exclamó la tía Blanche nuevamente.

—Oh, sí —afirmó lady Rutherford—. Yo estaba allí y lo vi. Estaba borracho y gritaba. Incluso atacó a Terence y le propinó unos cuantos puñetazos cuando su hermano intentó que se marchara del cementerio. Lord y lady Selbrooke sufrieron una gran humillación.

—¡Me lo imagino! —dijo la tía Blanche—. Debió de ser horrible.

—En efecto. Dominic se marchó poco después y compró un grado de oficial en los Húsares. A mí me parece que lord Selbrooke lo echó de Redfields.

La tía Blanche chistó, sacudiendo la cabeza. Constance miró a las hermanas Norton, que estaban mirando a lady Rutherford con los ojos abiertos de par en par, embebidas en la historia. Constance lamentó no saber lo que había sucedido en realidad, porque hubiera querido refutar la versión de la otra mujer. Le enfurecía que estuviera contando semejantes cosas de Dominic, mancillando desvergonzadamente su reputación, y no pudo evitar pensar que lady Rutherford sólo lo hacía para que Constance oyera aquellos chismorreos.

—Y sin embargo —dijo Constance con calma, mirando a la mujer a los ojos—, creo que lady Muriel es amiga de lord Leighton. A mí no me parece que una joven de reputación intachable quisiera ser vista en compañía de semejante granuja.

Lady Rutherford abrió los ojos desorbitadamente y, de repente, se ruborizó.

—Eso es algo enteramente distinto —dijo, y miró a Constance con desprecio.

—¿De veras? Creía que habíais dicho que una mujer joven no estaba a salvo en su compañía...

—No estaba hablando de una joven como mi hija, por supuesto. Su reputación es impecable. Y lord Leighton no se aprovecharía de una joven de tan buena familia.

—Ah, entiendo. Sin embargo, las apariencias...

—¡No puede haber apariencia de nada impropio! —exclamó lady Rutherford, perdiendo los estribos—. ¡Muriel está comprometida con lord Leighton!

Constance sintió una ráfaga fría por dentro. ¿Leighton comprometido con Muriel Rutherford? Le costó un esfuerzo sobrehumano mantener la expresión inalterada cuando, en su interior, estaba gritando que no era cierto. Notó que su tía la miraba, esperando alguna reacción por su parte.

Decidida a no permitir que notaran que las palabras de aquella mujer habían supuesto un duro golpe para ella, dijo con frialdad:

—¿De veras? Pues no entiendo cómo habéis permitido que vuestra hija se comprometa con un hombre como el que habéis descrito.

Los ojos pálidos de lady Rutherford estaban ardiendo.

—Entre los de nuestra clase, señorita Woodley, los matrimonios son alianzas familiares, no un estúpido asunto de amor. Los FitzAlan son una familia prominente. Dominic será el conde de Selbrooke algún día. Ésas son las cosas importantes que hay que tener en cuenta, no las flaquezas personales de un hombre joven.

—Ah, sí —replicó Constance—. Entiendo que mucha gente considera más importante casarse para mejorar la posición propia que casarse con una persona cabal.

A lady Rutherford se le salían los ojos de las órbitas. Por un instante, Constance creyó que iba a lanzarle el bastidor de su bordado a la cara. Pensó que habría preferido semejante exhibición por parte de lady Rutherford, porque aquello le hubiera demostrado la frustración que su comentario le había causado a aquella mujer. Constance le había señalado con claridad que su hija Muriel iba a casarse para alcanzar una posición social más elevada. Los Rutherford eran de la pequeña nobleza. Lord Rutherford era un barón con un título sin antigüedad, mientras que los FitzAlan eran una familia aristocrática desde siglos atrás. El nombre de los Rutherford no era más noble que el de los Woodley. Semejante recordatorio mortificaría a lady Rutherford, pero, sin embargo, no habría forma de que retirara su afirmación sobre el compromiso de su hija, puesto que ya lo había dicho públicamente.

—¡Constance! —dijo la tía Blanche por fin—. De veras, qué impertinencia.

—¿Impertinencia? —preguntó Constance con inocencia—. Vaya, no quería ser impertinente, tía. Lo siento, lady Rutherford. Pensaba que eso era lo que estabais diciendo.

Lady Rutherford la fulminó por enésima vez con la mirada.

—No espero que entendáis semejantes cosas.

—Sí, creo que tenéis razón —convino Constance—. Y ahora, si me disculpan, señoras, creo que iré a dar un paseo por el jardín.

Se despidió de cada cual por su nombre y después salió de la habitación pausadamente. No quería que nadie notara lo desesperadamente que deseaba salir corriendo al jardín, alejarse todo lo posible de lady Rutherford y del dolor que le habían causado sus palabras.

¡Dominic estaba comprometido!

En el jardín, oyó el sonido de unas voces, y tomó entonces la dirección opuesta. Siguió un camino que la llevó hasta un banco escondido entre las ramas de los árboles y allí se sentó para intentar calmarse.

Lo que le decía el instinto, ante todo, era que lady Rutherford había mentido. Leighton no podía estar comprometido con aquella muchacha fría y desagradable. Lady Rutherford lo había dicho sólo para herir a Constance o para advertirle de que se apartara del hombre que, evidentemente, había elegido su hija.

Sin embargo, Constance sabía que aquello era improbable. Si lady Rutherford había proclamado públicamente que estaban comprometidos y luego resultaba no ser cierto, la dama sufriría una gran humillación. Y aquella mujer no se arriesgaría a que todo el mundo supiera que había mentido.

Así pues, de mala gana, Constance tuvo que admitir que Dominic le había mentido. Aquello le hacía mucho daño. No era que Dominic le hubiera mentido directamente, pero la totalidad de sus acciones desde que se habían encontrado había sido una gran mentira. Ni siquiera le había mencionado que tenía una prometida. Nunca había mencionado el nombre de Muriel. Además, había flirteado con Constance, la había buscado en varias ocasiones y había hablado con ella como si no tuviera ningún vínculo con otra mujer. Y peor, mucho peor que eso, ¡la había besado! Moral y legalmente atado a otra mujer, se le había insinuado a otra. Su comportamiento era el de un bellaco, y Constance supo que su única intención había sido seducirla. Debía de ser, tal y como había dicho lady Rutherford, un mujeriego.

Constance sintió una amarga decepción. Se sintió herida y traicionada. Le dolía saber que Dominic estaba comprometido con otra mujer, pero le dolía incluso más darse cuenta de lo equivocada que había estado al valorarlo.

Lentamente, con tristeza, se levantó del banco y volvio a la casa. Subió a su habitación y cerró la puerta; allí se sentó junto a la ventana. Quería irse, hacer las maletas y salir de allí, pero era imposible. No podía dar explicaciones de por qué no quería quedarse más en Redfields.

Debía permanecer en la casa, y también, claramente, debía evitar a lord Leighton. Sin embargo, no podía quedarse recluida en su habitación, como era su deseo. Eso sería imposible, y además, una cobardía. Además, se negaba a que nadie se diera cuenta de que las acciones de Dominic, o las palabras de lady Rutherford, la habían molestado en ningún modo.

Una vez que hubo tomado su decisión, salió al pasillo y se encaminó hacia la habitación de Francesca. Allí se ofreció a cuidar de su amiga mientras Maisie se tomaba otro descanso. Francesca se despertó al ver a Constance y sonrió débilmente. Estuvieron juntas hasta la hora de la cena.

Constance bajó entonces al comedor y observó atentamente a todo el mundo. Rápidamente, vio a Dominic al otro lado de la estancia, hablando con el señor Norton y sus hermanas. Él alzó la vista y la divisó; entonces, una sonrisa se dibujó en sus labios.

Constance apartó la mirada, buscando alguna otra conversación a la que unirse. Por el rabillo del ojo, vio que lord Leighton dejaba el grupo de los Norton y comenzaba a andar en dirección a ella. Rápidamente, Constance se desvió hacia la izquierda. Su tía estaba sentada junto a la pared, y se uniría a ella, si no le quedaba más remedio.

Afortunadamente, sir Lucien, que estaba charlando con Alfred Penrose, se volvió en aquel momento, la vio y sonrió.

—Vaya, querida señorita Woodley, me alegro de verla. Conoce al señor Penrose, ¿no es así?

—Sí, claro que sí. Me alegro de verlo nuevamente, señor Penrose —dijo Constance, con una sonrisa de alivio, tan amplia que Penrose se irguió y la miró con interés.

Charlaron un poco sobre la visita a la iglesia; sir Lucien dijo, con cierto brillo de picardía en la mirada, que sentía mucho habérsela perdido.

—Verdaderamente, señor, se perdió una agradable excursión —le dijo Constance—. Fue muy interesante.

El señor Penrose la miró con tal asombro que a Constance se le escapó una risita.

—Fue un aburrimiento —le dijo Penrose a Lucien sin miramientos—. A menos que seas uno de esos tipos poéticos a quien le gusta pasearse por los cementerios. O mirar efigies de gente que murió hace cuatrocientos años. Me da escalofríos.

—Ah, señorita Woodley, el señor Penrose la ha avergonzado con su franqueza. Ahora dígame, ¿de veras disfrutó de la excursión?

Constance se rió.

—No va a conseguir que la critique, sir Lucien. Me temo que debo de ser una de esas personas a las que les gustan las efigies. Es una iglesia histórica, y yo no la conocía, así que disfruté, sí.

—Vaya, vaya, señorita Woodley. Me alegra ver que es usted una firme defensora de nuestros pequeños entretenimientos campestres.

Constance se volvió rápidamente al oír el sonido de la voz de Leighton. Él se había acercado al grupo y estaba tras ella. La sonrió, y ella sintió un cosquilleo en el estómago.

Durante un instante, su determinación vaciló. Lord Leighton no podía ser el hombre al que lady Rutherford había descrito. No podía ser un canalla que persiguiera a las mujeres mientras estaba comprometido.

Sin embargo, pensó, un mentiroso no tendría éxito con sus engaños si tuviera un rostro sincero. Constance se endureció y se limitó a asentir para saludarlo, pero nada más.

—Lord Leighton.

Después se volvió hacia Lucien, que saludó afectuosamente a lord Leighton, como Penrose. Leighton dio un paso hacia ellos para unirse al grupo. Constance evitó mirarlo y, afortunadamente, sir Lucien entabló con él una conversación, de modo que ella no tuvo que hablar más. Cuando, unos momentos más tarde, la conversación de los hombres languideció, Constance miró al otro lado de la habitación, donde estaba su tía, y se excusó diciendo que tenía que hablar con ella.

Asintió en general para los tres caballeros. Sir Lucien y el señor Penrose sonrieron y se inclinaron; sin embargo, Constance se dio cuenta de que lord Leighton la miraba con los ojos entrecerrados. Ella se dio la vuelta y se alejó antes de que él pudiera hablar. Parecería algo extraño y obvio que él la siguiera en aquel momento, así que estaba segura, al menos, hasta que llegara la hora de la comida.

Se vio obligada a soportar el parloteo incesante de su tía, pero acertó en su suposición de que Leighton no se acercaría a ella; más tarde, durante la cena, estaban situados en extremos opuestos de la mesa, y Constance estaba sentada entre sir Lucien y Cyril Willoughby. La comida pasó agradablemente, como el resto de la velada.

Ella tuvo la precaución de sentarse entre la señorita Cuthbert y su prima Margaret. La señorita Cuthbert no dijo nada, y su prima Margaret habló demasiado; así pues, Constance no había elegido una posición en la que pudiera disfrutar de la velada, pero se aseguró de que fuera imposible para lord Leighton sentarse junto a ella cuando los hombres regresaron del salón de fumadores.

Aquella noche, cuando se despidió para subir a acostarse, no pudo evitar mirar de reojo a Leighton de camino a la puerta, y descubrió que él la estaba mirando con el ceño fruncido. Y tuvo que pagar el haberse retirado tan pronto, porque no consiguió conciliar el sueño hasta varias horas después.

A la mañana siguiente se despertó cansada y somnolienta, y decidió saltarse el desayuno. Sólo tomó té y una tostada que le subieron en una bandeja. Después se puso su mejor vestido de día, pensando en que se animaría si se veía bien arreglada. Cuando terminó de vestirse, fue a ver a Francesca.

Francesca aún estaba enferma, pero se encontraba mucho mejor. Constance se quedó con ella, leyéndole durante un buen rato hasta que Francesca sintió sueño de nuevo. Después, Constance bajó las escaleras y se dirigió hacia la habitación donde había estado el día anterior con las otras mujeres.

Iba a entrar, pero vio a lord Leighton sentado junto a la ventana, con una expresión de sumo aburrimiento. Rápidamente se escabulló por el pasillo hacia el invernadero.

—¡Señorita Woodley!

Constance oyó su nombre, e involuntariamente miró hacia atrás.

Leighton había salido de la habitación y estaba mirándola. Sin responder, Constance atravesó la puerta del invernadero. Salió al jardín, y casi había llegado al camino cuando oyó su nombre de nuevo, en aquella ocasión más alto. Leighton la había seguido.

Ella no miró hacia atrás, sino que siguió avanzando por el camino. Oyó los pasos de Dominic en la gravilla, tras ella, y supo que sería imposible huir de él.

—¡Constance! —dijo él—. Demonios, ¿quieres parar?

Ella se giró hacia él.

—¿Qué?

—¿Por qué me rehuyes?

—¿Por qué me sigues? —replicó ella.

—Porque no quieres hablar conmigo —respondió Leighton, con cara de pocos amigos—. ¿Qué demonios te pasa? ¿Por qué me estás evitando?

Constance se irguió y respondió con frialdad:

—No tengo costumbre de pasar tiempo a solas con hombres que están comprometidos con otras mujeres.

—¡Comprometido! —repitió él, y la miró sin entender nada durante un instante, hasta que la ira ensombreció su semblante—. ¿Comprometido? —dio dos pasos y la tomó por las muñecas—. ¿Te parece que esto es propio de alguien comprometido?

Entonces tiró de ella y la atrapó pasándole el brazo por la cintura, y manteniéndola pegada a sí, la besó.

10

Constance estaba demasiado asombrada como para moverse o protestar. Dominic la abrazaba con tanta fuerza que no podía moverse, y la besaba de una forma abrasadora. Ella tembló, sin dar crédito al deseo que le recorría el cuerpo a causa de aquel beso. De repente, se sentía salvajemente viva y receptiva a las caricias y las sensaciones. Sentía la sangre corriéndole por las venas.

Llevaba días pensando en aquel beso, había soñado con él; sin embargo, ninguno de aquellos sueños podía compararse a la realidad. Él aflojó los brazos y le deslizó las manos por la espalda, por los costados, rozándole los lados del pecho con los dedos mientras bajaba las manos hasta su cintura y sus caderas.

Dominic tenía los dedos extendidos para abarcar lo más posible del cuerpo de Constance; su piel estaba caliente y la abrasaba a través de la muselina de su vestido. Adaptó las manos a las curvas de sus nalgas, acariciándola y apretándola, y hundió los dedos en su carne suave para apretarla contra sí, para que ella sintiera la longitud dura de su deseo apretándole en el abdomen.

Constance tembló de deseo. Quería que sus cuerpos se fundieran en uno. Sintió un dolor entre las piernas, y no supo lo que quería, pero sabía que lo deseaba profundamente.

Él apartó la boca y murmuró su nombre con un susurro grave, tembloroso. Le besó la cara y el cuello, y ella dejó caer hacia atrás la cabeza para ofrecerle la garganta. Mientras la devoraba, Dominic deslizó las manos hacia la parte delantera de su cuerpo y le tomó los pechos. Ella se estremeció y se movió con inquietud, deseando más y más, pero sin saber qué hacer. Movió las manos por instinto y las pasó por la nuca de Dominic, y las enterró en su pelo.

De repente, oyeron el sonido de una risa y el murmullo de unas voces femeninas. Dominic se puso tenso, y rápidamente, miró a su alrededor. Tomó a Constance por el brazo y la sacó del camino. La guió, cruzando la hierba, hasta un seto alto y tupido, detrás del cual había un cenador cubierto de parra.

Escondidos allí, en su profunda sombra, esperaron con todos los sentidos alerta, mientras el sonido de las voces se acercaba. Constance miró a Dominic. Él tenía la cara girada y estaba mirando entre las hojas de parra hacia el camino donde habían estado unos segundos antes. Constance se dio cuenta de lo expuestos que habían estado, de lo fácilmente que habrían podido verlos si alguien hubiera estado paseando por allí. Sabía el daño que habría podido hacerles si los hubieran sorprendido en una situación tan comprometida; su reputación habría quedado destruida.

Sin embargo, incluso sabiendo aquello, no era el miedo lo que le calaba hasta los huesos; era el calor de la pasión que él había encendido con sus besos y sus caricias. Constance notaba que su cuerpo aún vibraba de placer, aún latía de deseo. Él habría podido salirse con la suya y ella no habría hecho nada por detenerlo. ¿Cómo podía ser tan débil?

Las hermanas Norton y lord Dunborough aparecieron por fin, paseando por el camino, y prosiguieron tranquilamente sin dirigir la mirada hacia el lugar donde Constance y Dominic estaban ocultos. Dominic los observó hasta que desaparecieron en dirección a la rosaleda. Entonces se relajó y le soltó los hombros a Constance. Ella se apartó de él y comenzó a salir del cenador, pero él la agarró por la muñeca.

—¡No, espera!

—¡Suéltame! —dijo ella—. ¿O es que vas a forzarme aquí mismo, en el jardín de tu madre?

Él apretó los labios.

—Por supuesto que no —respondió con aspereza.

—Entonces, suéltame.

Él obedeció y le soltó la muñeca. Después alzó las manos como queriendo darle a entender que no iba a volver a tocarla.

—Disculpa mi comportamiento. Estaba enfadado y... esto no es una excusa. No debería haberte agarrado ni... —al recordarlo todo, sus ojos se oscurecieron, y su mirada se fijó durante un instante en los labios de Constance.

Ella se ruborizó y se dio la vuelta.

—Espera, por favor —le rogó él, con una voz más suave y más baja—. ¿Ni siquiera me vas a conceder la oportunidad de defenderme? ¿Eres tan injusta como para condenarme sin escucharme primero?

—¿Cómo te atreves? —replicó Constance—. ¿Por qué te comportas como si yo fuera la que ha hecho algo mal? Tú eres el que estás imponiéndote a una mujer, reteniéndola aquí contra su voluntad.

—No te estoy reteniendo. Por favor, siento haberme comportado así. Sólo te estoy pidiendo que me escuches.

Ella se cruzó de brazos.

—Está bien. Te escucharé.

—Gracias.

Entonces, Dominic la condujo a lo más profundo del jardín, a un claro donde había un banco de madera protegido bajo la sombra de un sauce. Estaban apartados de cualquier camino. Dominic y Constance se sentaron en el banco uno frente al otro, algo apartados.

—Y ahora, cuéntame —le pidió él—. ¿Qué es lo que has oído? ¿Por qué piensas que estoy prometido?

—Me lo dijo la misma lady Rutherford —respondió ella—. Me dijo que estás comprometido con su hija Muriel.

Él arqueó las cejas.

—¿De veras? —preguntó, pensativamente—. Debe de estar muy segura de sí misma. O muy desesperada.

—A mí no me parece probable que ella mienta sobre algo así. Sería demasiado vergonzoso que la sorprendieran en tal engaño.

Él asintió.

—Sí. Entiendo por qué la creíste. De todos modos, es mentira. No estoy comprometido con Muriel Rutherford. Nunca lo he estado y nunca lo estaré. Te lo prometo.

A Constance le temblaron las manos debido al alivio que sintió. De repente, sintió una ligereza en el pecho y sacudió la cabeza, sin saber qué decir.

—¿Me crees? —le preguntó él—. Te prometo que te estoy diciendo la verdad. Pregúntale a Francesca. Pregúntaselo a mis padres. Nunca le he hecho una oferta a Muriel.

Constance lo miró fijamente.

—Sí —le dijo—. Sí, te creo.

El alivio se reflejó también en el rostro de Dominic, y él le sonrió. Después le tomó la mano y se la llevó a los labios.

—Gracias.

Entonces, le besó la palma y, después, se la posó sobre la mejilla.

Constance cedió a aquel momento de debilidad y apoyó la cabeza en su brazo; luego, con un suspiro, se irguió.

—¿Y por qué ha hecho lady Rutherford una afirmación cuya veracidad es tan fácil de comprobar?

Él se encogió de hombros.

—Supongo que tenía la esperanza de que tú no te atrevieras a preguntármelo directamente, que asumirías que yo te estaba engañando. O quizá pensara que podía obligarme a aceptar un hecho consumado si lo anunciaba públicamente.

—¿Y por qué iba a pensar algo así?

—Porque lady Rutherford no me conoce. Está acostumbrada a doblegar a los demás para que se sometan a su voluntad. Su marido y sus hijos la obedecen en todo. Sé lo altiva que es Muriel, y el mal carácter que tiene, y lo mucho que quiere salirse con la suya. Pero también sé que no se atreve a enfadar a su madre. Supongo que lady Rutherford pensó que también podría obligarme a mí a actuar a su antojo.

Dominic suspiró y se puso en pie. Comenzó a caminar de un lado a otro mientras seguía hablando:

—No hay ningún compromiso, ni el más mínimo entendimiento entre Muriel y yo. Sin embargo, mis padres desean que me case con ella. Han estado intentando convencerme desde el día en que me convertí en heredero del título. Mis padres lo desean, y lady Rutherford lo desea, lo cual significa que lord Rutherford también lo desea.

—¿Y si toda esa gente lo desea, tú acabarás cediendo finalmente?

—¡No! —respondió él con vehemencia—. ¡Dios, no! Preferiría llevarme a una víbora a la cama que casarme con Muriel. De hecho, no creo que haya diferencia entre las dos.

—¿Y tus padres no se dan cuenta de que tú no deseas esa unión?

Dominic emitió un resoplido de desprecio.

—A mis padres no les importa lo que yo piense al respecto. Eso no es importante. Lo que es importante para ellos es el patrimonio familiar. La familia. Redfields es una finca muy grande, pero la tierra lleva muchos años acumulando deudas. La familia necesita una inyección de capital. Mi padre me ha elegido como chivo expiatorio para conseguir el resultado que desea.

—¿Y los Rutherford son ricos?

—Muy ricos. Pese a todas sus pretensiones, el título de lord Rutherford no es antiguo, y tiene un rastro de comercio en su pasado. El abuelo de lady Rutherford hizo fortuna en la industria de la lana; ganó tanto dinero que le resultó fácil conseguir que su hijo se casara con una aristócrata y que su nieta se casara con un barón. Ahora, lady Rutherford está ansiosa por que su hija se convierta en condesa.

—Ya entiendo.

—Idearon este plan entre mi padre y lady Rutherford. A ellos les conviene, y los deseos de aquéllos que están involucrados son triviales. Uno debe cumplir con su deber. Lo más importante es la familia.

—¿Y qué opina Muriel?

—Creo que ella está de acuerdo. Es ambiciosa y orgullosa, como su madre. Desea casarse con un conde porque no puede aspirar a nada más alto. Si creyera que tenía alguna posibilidad con Rochford, créeme, lo intentaría. Sin duda, yo ocuparía un lugar muy bajo en su lista de preferencias de no ser porque está empezando a desesperarse... Verás, creo que piensa que yo le profeso poco respeto a mi posición —le explicó Dominic, y esbozó una sonrisa—. Pero seguramente piensa que podrá acabar con toda mi ligereza por mi parte cuando nos casemos.

—Me imagino que es capaz —convino Constance—. Debo confesar que me alegro de que no quieras casarte con ella. No me puede caer bien la señorita Rutherford.

—Ni a mí. Sabía que mi padre tenía la esperanza de que pudiera forzarme a aceptar el compromiso en esta fiesta. Por eso no quería venir estos días —dijo Dominic. Hizo una pausa, y después la miró fijamente—: Hasta que Francesca me dijo que ibas a venir.

Constance también lo miró, pero apartó la vista rápidamente. La calidez de sus ojos la inquietaba. Se había alegrado mucho al saber que lady Rutherford había mentido, pero también era consciente de que el padre de Dominic seguía teniendo los mismos motivos que antes para querer que su hijo se comprometiera con una heredera. Dominic no podía ser para ella. Él no le había mentido, ni se había comportado como un canalla, pero, de todos modos, algún día tendría que casarse para complacer a su familia. Constance supo que sería una tontería dejarse caer por aquella colina resbaladiza que llevaba hacia el amor.

—Pero tú no eres de los que evitan sus responsabilidades —le dijo.

Dominic la observó y respondió en voz baja:

—No. Supongo que no. Aunque he hecho todo lo que he podido por ignorarlas durante estos dos últimos años.

Constance lo miró. Tenía la mandíbula apretada, y su habitual expresión de alegría se había desvanecido. Al verlo así, a Constance no le costaba ningún esfuerzo creer que era un hombre capaz de ir a la guerra por su país, que había luchado, y sangrado, y llevado a sus hombres a la batalla. Conocía el sacrificio.

Constance alargó el brazo y posó la mano suavemente sobre la de él. Era el mismo gesto de consuelo que había hecho cuando estaban frente a la tumba de su hermana. Dominic sonrió y se llevó la mano de

Constance hasta los labios para besarle el dorso. Ella sintió un escalofrío de placer y tiró de la mano. Después se giró y comenzó a hablar.

—Yo estuve a punto de comprometerme una vez —le dijo.

—¿A punto?

—Sí. Él me pidió que nos casáramos, pero yo le dije que no podía aceptar.

—¿No lo querías?

—Sí. O eso creía. Quizá no sea amor si uno puede recuperarse con tanta rapidez como me recuperé yo.

—Pero lo rechazaste.

—No podía casarme con él. Mi padre estaba enfermo. Yo tuve que cuidarlo durante su enfermedad —dijo, y miró a Dominic significativamente—. Entiendo lo que es el deber, y su prioridad sobre las demás cosas.

—¿Y qué fue de ese hombre? ¿Qué hizo?

Constance se encogió de hombros.

—Lo aceptó. Siguió con su vida. Se casó dos años después.

—Fue un tonto —gruñó Dominic, clavando su mirada en la de ella—. Fue un tonto por no esperarte.

Constance se quedó sin aliento. Dominic le enviaba un mensaje de deseo con aquella mirada caliente e intensa. Ella recordó cómo la había acariciado, recordó el sabor de sus labios. E inconscientemente, se inclinó hacia él.

En un instante, las manos de Dominic estaban sobre sus brazos. Tiró de ella y se la colocó sobre el regazo para besarla. Y la besó, largamente, profundamente, mientras ella se colgaba de él, aferrada a su cuello. Parecía que había perdido todo el pudor y la timidez. Se apretó atrevidamente contra él, devolviéndole el beso.

Con la mano libre, Dominic recorrió su cuerpo, y con impaciencia, deslizó los dedos por el escote de su vestido. Encontró la suave piel de su pecho y se lo acarició. Constance se sobresaltó al notar el roce de sus dedos en la carne desnuda, pero después de un instante de perplejidad, su piel respondió con un cosquilleo y un calor inusitados.

Nada la había preparado para las cosas que le estaba haciendo Dominic, para las sensaciones salvajes que le estaba provocando. Cuando él le acarició los pechos, se le hincharon y a través de ellos ríos de placer le recorrieron el cuerpo.

Constance le devolvió todos los besos a Dominic, y notó cómo él se endurecía contra su cadera, cómo su deseo le presionaba la carne suave, y ella se movió con inquietud en su regazo. Dominic emitió un sonido ahogado, y sus labios abandonaron la boca de Constance para besarle frenéticamente el cuello y la planicie blanca de su torso. Encontró los suaves montículos de nieve de sus pechos y besó con suavidad la carne temblorosa, abriéndose camino entre el vestido hasta el botón carnoso de un pezón.

Lo besó delicadamente, y el placer que le provocó a Constance fue como una explosión de calor candente entre sus ingles. Constance emitió un gemido de goce y sorpresa, y sintió una risa suave, masculina y algo petulante contra su piel. Habría rechazado aquel sonido de no ser porque fue seguido, un instante después, por el toque caliente y húmedo de su lengua, que le rodeó el pezón y al segundo consiguió que ella se arqueara y que todo su cuerpo se tensara.

Constance hundió las manos entre su pelo. Justo cuando pensaba que no podía sentir nada más placentero que el contacto de su lengua, él abrió la boca y capturó su pezón, cubriéndolo con una humedad cálida que la hizo temblar. Con cada succión de Dominic, sentía una excitación más y más intensa, una satisfacción más profunda. Instintivamente, Constance se movió contra él, acariciándolo con la cadera, arqueando la espalda hacia atrás, ofreciéndole su cuerpo.

Dominic gruñó en respuesta a sus movimientos, y siguió succionándole el pecho apasionadamente. Al mismo tiempo, le deslizó la mano entre las piernas, buscando el centro ardiente de su deseo. Constance se sobresaltó y cerró las piernas con fuerza para negarle el acceso. Sin embargo, Dominic movió los dedos rítmicamente, acariciándola a través de la ropa, jugueteando y, sin darse cuenta, ella abrió las piernas invitándolo, sin palabras, a que prosiguiera.

Se quedó entre sus brazos, laxa, obnubilada por el deseo, expuesta a él de un modo que nada tenía que ver con la desnudez de la carne, sino de algo mucho más profundo. Sabía que quería que la tomara, que quería sentir a Dominic tan íntimamente como fuera posible, que quería que él la llenara. Quería pertenecerlo por completo.

—Dominic... —susurró con un suspiro—. Por favor...

Aquellas palabras lo sobresaltaron, y él alzó la cabeza.

—¿Dominic? —repitió Constance, y lo miró.

Él tenía el rostro invadido por el deseo, los ojos medio cerrados, la mandíbula apretada. Su lucha por recuperar el control estaba reflejada en su semblante.

—Dios Santo —dijo con una exhalación temblorosa, y cerró los ojos—. No debo... no podemos...

Constance se quedó inmóvil durante un momento, aún demasiado absorta en la mezcla de deseo y confusión que la había embargado. De repente se dio cuenta de dónde estaba, de qué estaba haciendo. Se ruborizó y se apartó de él, subiéndose el vestido sobre los pechos desnudos.

—Yo... tengo que irme —dijo con la voz ahogada, al borde de las lágrimas. ¿Qué había hecho? ¿Qué iba a pensar Dominic de ella?

—Espera —le rogó él con la voz ronca. La tomó por los hombros e hizo que se diera la vuelta para mirarlo. Entonces le dijo—: Te deseo. Te deseo más de lo que nunca haya deseado a ninguna mujer. Pero no puedo... no te haré daño.

Constance no podía hablar. Asintió y se puso en pie. Después se dio la vuelta y se dirigió apresuradamente hacia la casa mientras se atusaba el pelo y se colocaba las horquillas. Rezó por no encontrarse a nadie, porque por mucho que se recompusiera, temía que su cara revelaría exactamente lo que había estado haciendo.

Entró en la casa, recorrió deprisa el corredor, subió las escaleras y se encerró en su cuarto. Allí se dejó caer sobre una silla.

Durante un largo momento se quedó inmóvil, dejando que cesara el temblor de su cuerpo y que se le calmara la mente. Finalmente se puso en pie y caminó hasta el espejo. Tenía los ojos brillantes, las mejillas rosadas y los labios oscuros y llenos, casi amoratados. Parecía exactamente lo que había ocurrido: que la habían besado apasionadamente. Estaba más guapa que nunca.

Con toda claridad, la indecencia le favorecía. Sacudió la cabeza y se apartó del espejo. Volvió a la silla y se sentó.

Durante toda su vida, había recibido advertencias contra los pecados de la carne. Y se dio cuenta de que, hasta aquel día, no sabía a qué se referían los que le hacían aquellas advertencias.

Ella había querido entregarse a Dominic. En realidad, no lo había hecho a causa de la contención de él, no de la suya. Ella estaba consumida de deseo; la pasión se había adueñado de ella como un remolino.

Recordó las sensaciones que había sentido, las llamas que le habían abrasado las entrañas, calientes y ansiosas, y volvió a ruborizarse de nuevo. Nunca hubiera pensado que en ella residía una naturaleza tan ardiente. No la había experimentado en su vida, y le entusiasmaba la pasión que le corría por las venas. No quería perder aquel sentimiento. Quería sentir más, francamente. Quería aprender lo que ocurría entre un hombre y una mujer, y quería que fuera Dominic quien se lo enseñara.

¿Qué ocurriría si ella acudía a él aquella noche? ¿Si se entregaba a él? ¿La besaría hasta que el mundo desapareciera y sólo quedara su placer compartido? ¿O se refrenaría de nuevo, contrario a permitir que ella sacrificara su buen nombre?

Porque aquél era el único resultado de abandonarse entre los brazos de Dominic. El futuro conde de Selbrooke no podía ofrecerle la protección de su nombre. Aunque ella lo hubiera creído cuando él le había dicho que no iba a casarse con Muriel Rutherford, Constance entendía que Dominic debía casarse con alguien de fortuna. Era su deber hacia la familia. No podía permitir que su antiquísimo patrimonio se arruinara. Como cabeza de la familia, debía hacer todo lo necesario para mantener la posición de los

FitzAlan. Dominic no era de los que eludían su deber. Cumpliría con su responsabilidad, y su responsabilidad era hacer un matrimonio ventajoso.

Casarse con ella sería ruinoso para Dominic. Constance sabía, además, que no había ninguna razón para pensar que él quisiera casarse con ella. No había habido palabras de amor entre ellos, sólo un remolino caliente de deseo. Él la deseaba, sí, pero no la quería. No podía permitirse el lujo de quererla.

Constance debía mantener la cabeza clara. Deseaba a Dominic, pero, ¿sería suficiente obtener su pasión sabiendo que nunca tendría su amor ni su apellido? ¿Estaba dispuesta a arriesgarlo todo por el deseo?

11

El momento central de la invitación de los FitzAlan era un baile que se celebró dos noches después. Constance se puso su mejor traje, un vestido de satén rosa claro cubierto por una túnica de encaje blanco, que se abría por un lado y dejaba a la vista la falda del vestido. Llevaba el pelo recogido de tal forma que los tirabuzones le caían por la nuca hasta los hombros, y adornado con diminutas rosas de satén y lazos.

Constance se miró al espejo y pensó que el dinero que se había gastado en aquel vestido merecía la pena. Sonrió, pensando en la cara que pondría Dominic cuando la viera.

Dominic y ella se habían comportado con circunspección desde aquella tarde en el jardín. No se habían evitado el uno al otro, pero tampoco se habían visto a solas. Habían hablado, pero únicamente cuando estaban acompañados por otras personas, y él había evitado tocarla de ninguna manera, ni siquiera tomarle la mano en una reunión ni ofrecerle el brazo para recorrer el pasillo.

Parecía que estaba decidido a no comprometerla, y ella, insegura de sus propios sentimientos, no hizo ningún esfuerzo para animarlo a nada más.

Y, sin embargo, siempre que Leighton estaba en la misma habitación que ella y se miraban, el aire que había entre ellos se cargaba de tensión.

Constance sospechaba que no estaba bien por su parte el hecho de desear que a él se le encendieran los ojos de deseo cuando la viera aquella noche, con aquel vestido. Sin embargo, no pudo obligarse a llevar otra cosa.

Antes de bajar al salón, pasó a recoger a Francesca por su habitación; aquél era el primer día que su amiga pasaba fuera de la cama, y aunque aún no estaba restablecida por completo, no había querido perderse el baile.

Francesca sonrió al verla entrar en su cuarto.

—Estás muy guapa.

—No tanto como tú —respondió Constance con sinceridad.

Sería bastante difícil estar más guapa que Francesca, que era la viva imagen de la elegancia, ataviada con un traje negro de tul y satén, de manga larga y transparente, y con el pelo rubio derramándosele por la espalda en una cascada de rizos.

Francesca sonrió.

—Eres muy amable por decirme eso, pero me temo que no te das cuenta de tu propia belleza. Vamos. Bajemos y deslumbremos a todo el mundo.

Tomó a Constance por el brazo y juntas descendieron las escaleras y recorrieron el pasillo hasta llegar a un enorme salón que había en la parte trasera de la casa. Como el invernadero contiguo, tenía salida a la terraza, y aquella noche todas las ventanas estaban abiertas de par en par para permitir que entrara la brisa fresca.

El salón estaba decorado en colores blancos y dorados, e iluminado por tres arañas de cristal colgadas en fila en el centro de la estancia. También había apliques de cristal en las paredes. Los músicos estaban situados al final de la sala, sobre un pequeño estrado, discretamente disimulado por infinidad de plantas. Había ramos de rosas en jarrones que perfumaban con su aroma toda la habitación.

Constance respiró profundamente, pensando en lo preciosa que era aquella escena. Le parecía el más bello de los bailes a los que había asistido, aunque no sabía qué era exactamente lo que hacía de él un evento tan perfecto. Quizá su belleza estuviera originada por la excitación y la alegría que le llenaba el pecho.

Francesca y ella hicieron un circuito por la habitación, deteniéndose a hablar con todo el mundo. A los huéspedes que habían pasado toda la semana en la casa se habían sumado los invitados al baile, gente de la zona y otros que habían ido únicamente a la celebración y que volverían a sus casas al día siguiente.

Junto a una de las puertas que daban a la terraza, se encontraron con el duque de Rochford, tan elegante y formidable como siempre. Había una mujer joven a su lado, y aunque su cara tenía tanta animación como severidad la de Rochford, había un parecido entre ellos que denotaba su parentesco.

Constance no se sorprendió cuando, después de hacerles una ligera reverencia a Francesca y a ella a modo de saludo, el duque dijo:

—Señorita Woodley, permitidme que os presente a mi hermana, lady Calandra.

—Mi señora, es un honor conoceros —le dijo Constance a la muchacha, que sonrió con los ojos brillantes.

—El placer es mío, os lo aseguro —respondió Calandra, estrechándole la mano a Constance—. Estaba deseando que llegara esta noche. Me he pasado el último mes en Bath, con la abuela, y allí todo es muy aburrido. Me entusiasmé cuando Sinclair me dio la noticia de que había un baile.

Al contrario que su hermano, lady Calandra no era alta, pero tenía el pelo del mismo negro brillante y los ojos igualmente oscuros. Tenía unos rasgos rectos y bien formados, llenos de vivacidad, y un hoyuelo en la mejilla.

Charló con Francesca y Constance con una actitud

abierta y alegre que se diferenciaba mucho del comportamiento formal de su hermano. Era mucho más joven que Rochford, sin embargo, no parecía que se sintiera intimidada por él, cosa que sorprendió a Constance, porque ella encontraba que Rochford era una figura intimidante.

—Debéis venir a visitarme —le dijo Calandra a Constance con entusiasmo—. Rochford no vuelve a Londres hasta la semana que viene, y yo estaré sola en la casa hasta entonces, bueno, salvo por Rochford, claro, y él no me hace compañía cuando estamos en el campo, porque siempre está hablando con el administrador y haciendo las cuentas... —entonces miró por encima del hombro de Constance y sonrió—. ¡Leighton! ¡Me alegro mucho de veros!

Constance sintió un cosquilleo al oír el nombre de Dominic, y se volvió a saludarlo con cuidado de no parecer ansiosa.

—Lord Leighton.

—Lady Calandra. Rochford. Francesca —dijo Dominic, y después se volvió hacia Constance—. Señorita Woodley.

Su mirada fue todo lo que Constance había esperado. Ella se sonrojó y bajó los ojos como se suponía que debía hacer una muchacha modesta. Sin embargo, en su caso, Constance sabía que lo hacía más para esconder el calor de su mirada que para actuar de una manera apropiada.

—Espero que me concedáis el próximo baile, señorita Woodley —le dijo Dominic.

Constance murmuró una frase de asentimiento y posó la mano en el brazo que él le ofrecía. Las tres personas a las que dejaron atrás se quedaron observándolos mientras comenzaban a bailar.

Después de un momento, Rochford dijo en tono ligeramente burlón:

—Vaya, vaya, lady Haughston, ¿acaso os parece que es deportivo ganar nuestra apuesta de esta manera?

Las dos mujeres lo miraron, confundidas.

—¿A qué os referís? —le preguntó Francesca.

—Apostasteis, querida señora, que encontraríais un marido para la señorita Woodley antes de que terminara la temporada. No me parece justo que la hayáis emparejado con vuestro propio hermano.

Francesca se quedó inmóvil, mirándolo fijamente.

—¿Cómo?

—¿De qué hablas, Sinclair? ¿Qué apuesta? —le preguntó su hermana.

—No es nada —le dijo Francesca rápidamente, ruborizada—. Tenemos una apuesta tonta, eso es todo.

—¿Para emparejar a la señorita Woodley? —les preguntó Calandra con interés—. ¡Qué buena idea! —exclamó, y se volvió hacia la zona de baile—. Hacen muy buena pareja.

—No —protestó Francesca—. Rochford, te has confundido. Yo no he propiciado la pareja entre Constance y Dominic.

El duque arqueó una ceja con socarronería, y entonces, sin decir una palabra, señaló asintiendo a la pareja en cuestión.

Francesca sintió a la vez angustia e irritación, y miró a Constance y a Dominic mientras daban los complicados pasos de aquella danza folclórica. Incluso cuando estaban separados, sus ojos sólo se dirigían al otro, y cuando se reunían, juntando las palmas de las manos en alto, para caminar en círculo primero en una dirección y después en la otra, formaban una pareja perfecta, enteramente apartada y ajena a todos los demás presentes en la sala.

Francesca tomó aire al darse cuenta de la verdad.

—Oh, no... —dijo con un pequeño gemido—. Oh, Dios Santo, ¿qué he hecho?

Constance no era consciente del brillo de su rostro ni de la manera que tenía Dominic de mirarla. Sólo sabía que era feliz. Quizá no tuviera futuro con Dominic, pero aquella noche no tenía importancia. Ella quería disfrutar de aquel momento y tener aquel recuerdo perfecto que atesorar siempre. Podía ser sensata al día siguiente, y todos los días posteriores. Más tarde se repetiría las razones por las que no podía enamorarse de él, todo lo que sufriría si lo hacía.

Sin embargo, en aquel momento disfrutaría del placer de mirarlo, de moverse con él, de apoyar la palma de su mano contra la de Dominic mientras giraban, con sus cuerpos lo suficientemente cerca el uno del otro como para percibir su calor y la esencia de su piel.

La música terminó, y Constance le hizo la reverencia que marcaba el baile. Después le tomó el brazo, pero él no la guió de vuelta hasta sus amigos, sino que la condujo a las puertas que daban a la terraza. Ella sonrió y lo acompañó.

Había otras parejas respirando aire fresco fuera, en el porche, y algunas que habían bajado al jardín. Dominic y Constance no bajaron, sino que se quedaron en la amplia terraza, alejándose de las ventanas y las puertas iluminadas del salón.

Se detuvieron al borde de la zona oscura y miraron hacia el jardín, que estaba tenuemente iluminado por la luna. Su luz brillaba en el cielo negro, más suave y más cálida que las de las estrellas blancas y destellantes. Constance notó la brisa fresca en la piel desnuda del cuello y los hombros. Se volvió y miró a Dominic.

Él estaba muy cerca, a unos centímetros de distancia, y Constance tuvo ganas de besarlo por muy impropio que fuera. Quería sentir de nuevo la pasión que había sentido cuando él la había besado en el jardín. No podía evitar pensar en la vida que la esperaba cuando se marchara de Redfields y, en pocas semanas, de Londres. Ya no volvería a ver a Dominic.

¿Pasaría el resto de su vida sin volver a sentir el tacto de sus labios, sin sentir la pasión? ¿Envejecería sin conocer las alegrías de casarse y tener hijos? En aquel momento, le parecía una existencia muy sombría.

Tuvo un pensamiento. ¿No sería mejor experimentar la completa profundidad del deseo al menos una vez? Pensó de nuevo en besar a Dominic, en abandonarse entre sus brazos y fundirse con él. Quería descubrir todos los placeres que podía proporcionarle su cuerpo fuerte; quizá fuera desvergonzado por su parte, pero quería saber lo que era estar con un hombre. No, no con un hombre, sino con Dominic. Lo deseaba con tanta fuerza que casi temblaba.

Algo de lo que estaba pensando debió de reflejársele en el semblante, porque Dominic emitió un suave gruñido y la abrazó. Después la besó, apretándole los labios suavemente con la boca, mordisqueándola, acariciándola con la lengua, hasta que el calor comenzó a aumentar entre ellos y aquel beso se volvió más duro, más exigente, más profundo.

La fiereza del beso no asustó a Constance. Muy al contrario, encendió en ella un anhelo igualmente fiero. Ambos se sintieron en las garras del deseo.

El suave murmullo de unas voces penetró entre la

neblina de su pasión y, rápidamente, Dominic arrastró a Constance a lo más profundo de las sombras. Se volvieron y observaron con atención; una pareja paseaba por la terraza, charlando suavemente. Constance y Dominic esperaron inmóviles, observando a la otra pareja, con el corazón acelerado y la respiración entrecortada.

El hombre y la mujer se acercaron justo hasta el borde de las sombras y se detuvieron allí durante unos instantes. Después se dieron la vuelta y retomaron el camino hacia la casa.

Dominic se volvió hacia Constance con los ojos brillantes en la oscuridad. Le tomó la mano y le besó los nudillos.

—Debemos volver —murmuró con la voz ronca.

Constance asintió. No quería volver, pero era consciente de los peligros de permanecer allí. Probablemente, ya habían causado habladurías al desaparecer del baile. Ella se llevó las manos al pelo y al vestido para arreglarse cualquier desperfecto. Sólo esperaba que la expresión de su cara también se borrara con facilidad.

Constance y Dominic volvieron hacia el salón. Él carraspeó y le dijo antes de que llegaran:

—Me gustaría enseñarte la finca.

—Sí, eso sería muy agradable —respondió Constance con calma.

Cuando entraron, siguieron hablando en voz baja

de sus planes de ir a montar juntos. Constance esperaba que el rubor de sus mejillas no causara más comentarios que el sonrojo de otras caras, provocado por el ejercicio y por el gran número de personas que había en el salón de baile.

—Deja que te traiga algo de beber —le dijo Dominic, y ella le sonrió.

—Gracias.

Con suerte, un poco de ponche la refrescaría.

Él la dejó en una de las sillas que había alineadas junto a la pared del salón y se alejó hacia la mesa de las bebidas, al otro extremo. Constance lo esperó observando distraídamente a los bailarines mientras se abanicaba. No vio a la persona que se aproximaba hasta que su sombra cayó sobre ella.

—¿Qué crees que estás haciendo? —le preguntó una mujer con la voz llena de rabia.

Asombrada, Constance miró hacia arriba y vio a Muriel Rutherford. Tenía los ojos azules como escarpias de hielo, y los puños apretados de furia. Constance pensó que iba a darle un golpe.

—¿Perdón?

—¿Cómo te atreves? —prosiguió Muriel—. Sé que mi madre te dijo que Dominic y yo estamos comprometidos, y sin embargo, sigues persiguiéndolo. Te he visto coqueteando con él. Te lo has llevado a la terraza.

Constance sintió una ira fría, pero se contuvo y respondió calmadamente:

—Tened cuidado, lady Muriel. Está sobrepasando los límites.

—¡Aléjate de él! —le dijo Muriel.

—Yo en vuestro lugar bajaría la voz. No querréis montar una escena frente a toda esta gente.

—¡No me importa! —respondió Muriel—. ¡Que todo el mundo se entere de lo que estás tramando!

—Dudo que queráis que todo el mundo sepa que no estáis comprometida con lord Leighton a pesar de lo que haya dicho vuestra madre.

Muriel la fulminó con la mirada, y Constance pensó durante un segundo que iba a abofetearla. Sin embargo, pareció que Muriel recuperaba el control sobre sí misma, y dejó escapar una carcajada de desprecio.

—¿Realmente crees que va a casarse contigo? Los caballeros como lord Leighton no se casan con una don nadie como tú. Sólo tienen aventuras con semejantes mujeres, eso es todo. ¡Se casan con alguien como yo!

—Te sugiero, Muriel, que dejes de hablar antes de hacer más el ridículo de lo que ya lo has hecho —dijo una voz masculina.

Ambas mujeres se volvieron y vieron a Dominic a su lado. Su cara era una máscara de cortesía, pero en sus ojos había un brillo que delataba su humor.

—Do... Dominic —murmuró Muriel con consternación—. No te había visto.

—Ya me doy cuenta —respondió él—. Tu madre y tú debéis estar equivocadas en cuanto a algo, Muriel. Tú y yo no estamos comprometidos.

Muriel se quedó como si hubiera recibido un fuerte golpe, pero se recuperó rápidamente, soltó una risita y dijo:

—Bueno, por supuesto que aún no lo hemos anunciado, pero...

—No habrá ningún anuncio —replicó rotundamente Dominic.

Muriel tomó aire y abrió los ojos de par en par. Después abrió la boca, pero no dijo nada.

—Quizá mi padre y tu madre deberían haberme consultado antes de hacer sus planes. Te concederé el beneficio de la duda y pensaré que fue mi padre el que os animó a ti y tu madre a que pensarais que yo aceptaría los planes de mi padre para el futuro. Sin embargo, puedo asegurarte que no es así. Tu madre no debería haberle dicho esa falsedad a la señorita Woodley.

—¡Dominic! No seas tonto. Sabes que las personas como tú y como yo se casan por razones mucho más importantes que un sentimiento empalagoso.

—Muriel —respondió él con impaciencia—, yo no voy a...

—¡No! —le interrumpió Muriel con una sonrisa forzada—. Por favor, no. No me quedaré a escuchar cómo dices algo que después lamentarás, cuando te hayas olvidado de... esta tontería —dijo, y le lanzó un puñal con la mirada a Constance. Después se dio la vuelta y se marchó.

Dominic apretó la mandíbula mientras la miraba alejarse. Constance pensó, por un momento, que iba a seguirla, pero, en aquel instante, Francesca apareció del brazo de sir Lucien, sonriendo.

—¡Dominic, mi amor, aquí estás! —le dijo a su hermano.

Dominic se relajó visiblemente al ver a Francesca. Se volvió hacia Constance y le dijo:

—Os pido disculpas, señorita Woodley.

Constance estaba temblando, pero se las arregló para negar con la cabeza y decir:

—Oh, por favor, no os preocupéis por mí, milord. Estoy bien, os lo aseguro. Me estoy acostumbrando a la manera de hablar de Muriel.

—Entonces sois mucho más valiente que yo —le dijo sir Lucien—. Sinceramente, esa mujer me aterroriza.

Los demás sonrieron, y la tensión del momento se desvaneció. Sir Lucien se llevó a Constance a bailar, y cuando Francesca vio cómo se alejaban sus amigos, se volvió hacia Dominic y se cruzó de brazos.

—Y bien —le preguntó—. ¿Qué estás haciendo?

Dominic se puso tenso y le lanzó una mirada de enfado.

—¿Qué? ¿Tú también?

Se dio la vuelta y se alejó. Francesca suspiró y lo siguió. Lo alcanzó fuera del salón de baile y lo agarró por el brazo.

—Dominic, espera.

Entonces lo llevó hasta la sala que su madre utilizaba como salita de estar por las mañanas y cerró la puerta.

—¿Qué quieres, Francesca? —le preguntó él con frialdad—. ¿Tú también tienes la esperanza de que Muriel Rutherford se convierta en tu cuñada?

—Dios Santo, no —dijo Francesca—. Espero que tengas el suficiente sentido común como para no atarte a esa mujer. No me importa con quién te cases, pero te lo advierto: no dejaré que le hagas daño a Constance Woodley. Le he tomado mucho cariño a esa muchacha.

Él exhaló un suspiro.

—¿Y crees que yo no?

—Me temo que tú también le tienes mucho cariño. Me temo que la animarás a enamorarse de ti, y entonces se le romperá el corazón.

—¿Y por qué das por hecho que le romperé el corazón?

—Porque los dos sabemos que debes casarte con alguien rico.

—¿Y por qué? ¿Por qué tengo que casarme por el bien de nuestra horrible familia? Los dos sabemos que no se merecen ese sacrificio.

—Sí, y yo también sé que tú cumplirás con tu deber. Siempre lo has hecho, y siempre lo harás.

—¿Me condenarías a eso? Precisamente tú, que sabes lo que es casarse con alguien al que no se quiere.

A Francesca se le llenaron los ojos de lágrimas, y se dio la vuelta rápidamente.

—¡Oh, demonios! —dijo Dominic. Cruzó la habitación y tomó a su hermana por los hombros, diciéndole suavemente—: Lo siento mucho, Francesca. No debería haber dicho eso. Tú no eres la persona con quien debería desahogar mi frustración. Por favor, perdóname.

Ella se volvió y sonrió temblorosamente.

—No, soy yo la que debo pedirte perdón —le dijo, y lo abrazó—. Oh, Dominic, quiero que seas feliz. De verdad. No me importa la familia, ni Redfields, ni nada, si tú eres feliz. ¿Quieres a Constance? ¿Quieres casarte con ella?

—No… no lo sé. No estoy seguro de que ninguno de nosotros sea capaz de sentir amor. Los FitzAlan somos patéticos.

Francesca asintió con tristeza.

—Me temo que tienes razón. Yo me casé estúpidamente, los dos lo sabemos. No ayudé a la familia, y tampoco me ayudé a mí misma. No quiero verte atrapado en un matrimonio así. Sería más feliz si te casaras con Constance. No puedo imaginarme una cuñada mejor.

Dominic sacudió la cabeza.

—No. Tienes razón. Sería un canalla si le diera esperanzas a Constance. Sé cuál es mi deber; me casaré con quien deba.

12

Constance no volvió a ver a Dominic aquella noche, pese a que lo buscó discretamente por el salón varias veces. Francesca parecía preocupada, y más de una vez, Constance la vio con el ceño fruncido.

Constance estaba segura de que Francesca debía de estar disgustada por su escena con Muriel. Temía que Francesca lamentara haberla invitado a su casa familiar. Los padres de Dominic querían que su hijo se casara con la señorita Rutherford, y quizá Francesca también lo deseara. Dominic le había dicho que la familia necesitaba dinero, y Constance recordó cómo había visto a Francesca economizar cuando estaban comprando ropa y accesorios. Quizá Francesca también necesitara que Dominic hiciera un matrimonio ventajoso.

¿Y si Francesca, como Muriel, pensara que tenía la culpa de que Dominic se negara a casarse con la otra joven? Constance no detectó ningún cambio de actitud de Francesca hacia ella, pero tampoco pudo quitarse de la cabeza que su amiga estaba preocupada.

Constance se acostó con inquietud, y a la mañana siguiente, mientras se vestía, se preguntó si debería marcharse a Londres. Si ella no estaba en Redfields, quizá Dominic no sería tan reacio a casarse con quien su familia quería. Sin embargo, Constance se daba cuenta de que Dominic nunca podría sentir algo por una muchacha tan fría y altiva como Muriel, y mucho menos enamorarse de ella.

Constance sabía que Dominic no formaría parte de su vida en el futuro. Aunque no se casara con Muriel, debería casarse con alguna otra heredera, una que fuera mejor que Muriel Rutherford. Por lo tanto, no creía que tuviera importancia en el esquema general de la vida si ella robaba unos cuantos días de felicidad con Dominic. El único daño sería para su propio corazón.

Constance fue hacia el armario y sacó el traje de amazona que Maisie le había llevado dos días después de que tuviera lugar la excursión a la iglesia. Era de terciopelo azul, y le había pertenecido a Francesca cuando era más joven. Ella lo había dejado en Redfields, y sólo era necesario sacarle el bajo para que a Constance le quedara bien.

Francesca, aunque estaba enferma, se había ocupado de decirle a su doncella que arreglara el traje, y aquello le había resultado conmovedor a Constance. Sólo conocía a Francesca desde hacía unas semanas, y ya era más buena con ella que su tía y sus propias primas. Maisie también encontró un par de botas de Francesca en un armario y, afortunadamente, Constance y ella tenían el mismo número de pie, así que podía usarlas.

Constance titubeó, pensando de nuevo en la ausencia de Dominic durante la última parte de la velada de la noche anterior. Quizá no deseara llevarla a montar aquella mañana. Quizá se arrepentía de lo que le había dicho, o quizá hubiera cambiado de opinión sobre Muriel y se hubiera dado cuenta de que debía casarse con ella pese a todo. A Constance se le encogió el corazón al pensarlo.

En aquel momento, Maisie asomó la cabeza por la puerta para ver si Constance estaba lista para que la peinara.

—Oh, ¿va a ir a cabalgar, señorita? —le preguntó, y se acercó a quitarle de las manos el traje a Constance—. Entonces se lo plancharé mientras está desayunando.

—Yo... no estoy segura de si iré a montar —le dijo Constance.

—No importa. Lo prepararé. Y ahora, ¿cómo le gustaría que la peinara hoy? Supongo que algo sencillo y alto, si va a montar a caballo.

Constance asintió y dejó que Maisie comenzara a hacer sus maravillas.

Minutos después, cuando entró en el comedor, Constance encontró a más gente de lo normal alrededor de la mesa. Dominic estaba sentado al otro extremo de la mesa, junto a su padre. Frente a él, advirtió Constance, estaban sentadas lady Rutherford y su hija. Dominic estaba hablando con la señora Kenwick y su hijo Parke, que estaba sentado entre Dominic y Francesca. Constance miró a Dominic y apartó rápidamente la vista, consciente de que las Rutherford la estaban mirando.

Junto a ellas estaban los tres hermanos Norton y lady Calandra, la hermana del duque. Cuando Constance tomó el asiento libre que había junto a Francesca, Calandra sonrió.

—Buenos días —le dijo a Constance—. Finalmente Rochford me dio permiso anoche para quedarme. Él, por supuesto, se fue a casa en su carruaje —añadió con un gesto de exasperación—. Parece que los libros de contabilidad no pueden esperar.

—Me alegro de que todavía estéis aquí —respondió Constance con sinceridad. La muchacha le había caído muy bien.

—Oh, sí —dijo Elinor Norton asintiendo—. Cuantos más seamos, más divertida será la excursión a caballo.

—¿Excursión? —preguntó Constance.

—¿No lo sabíais? Lord Leighton le va a enseñar a todo el mundo la finca esta tarde —le dijo Lydia Norton.

—Será muy entretenido —dijo su hermano, sir Philip.

Constance miró a Dominic directamente por primera vez. Él tenía una expresión apenada, pero se limitó a decir:

—La señorita Woodley ya ha aceptado. Ahora no puede echarse atrás.

—Cuando supimos que lord Leighton estaba planeando una excursión, quisimos unirnos al grupo —dijo Elinor alegremente.

Constance miró a Muriel, que tenía una expresión petulante en el rostro. Claramente, era ella quien había extendido la noticia de que Dominic estaba planeando una excursión por la finca. Debía de haberlos oído hablando y había aprovechado la oportunidad para estropearles la ocasión de estar juntos.

—Sin duda, vos también iréis, señorita Rutherford —le dijo, aunque sin demostrar el enfado que sentía.

—Sí, claro —respondió Muriel con una sonrisa fría—. No me lo perdería por nada del mundo —añadió. Después se puso en pie y dijo—: Ahora, si me disculpáis, lord Selbrooke, tengo que ocuparme de algunas cosas.

—Por supuesto, lady Muriel —respondió el conde, y siguió conversando con el padre de Muriel.

Constance tuvo que tragarse su decepción. De todos modos, sería mejor que tuvieran compañía; de ese modo, ella podría disfrutar de la tarde con él, y no tendría que preocuparse por contener aquella pasión que siempre amenazaba con adueñarse de ellos cuando estaban solos. Era mucho mejor. Sí.

—¿Vas a venir con nosotros, Francesca? —le preguntó Constance.

Francesca negó con la cabeza.

—No, creo que es demasiado pronto. Me quedaré con mamá y las demás señoras.

La prima Margaret se apresuró a informarla de que ella también iba a ir, y lord Dunborough, el señor Willoughby y la mayoría de la gente joven. De hecho, sólo la tímida señorita Cuthbert y su prima Georgiana, que tenía fobia a los caballos, se quedarían con Francesca y las damas.

—Lord Leighton ha prometido que iremos a un promontorio desde el que se divisa todo el valle —le explicó Lydia Norton.

—No estoy segura de que quiera subir tanto —objetó Margaret.

—Es una pendiente difícil —les dijo Calandra—. Sin embargo, cuando llegas al punto más alto, puedes ver todo el campo.

—Y tomaremos el té en la casa de verano —añadió Elinor.

—Será estupendo —dijo Constance.

Después comenzó a desayunar, dejando que la charla emocionada de los demás la envolviera, e intentó ajustar sus expectativas del día a la realidad.

Más tarde, Constance se levantó de la mesa con

Francesca, y ambas subieron juntas las escaleras. Cuando llegaron a la puerta de la habitación de Constance, Francesca se despidió de ella con una sonrisa, y Constance entró. Sin embargo, se detuvo en seco y emitió una exclamación de angustia.

Allí estaba el traje de montar que Maisie había planchado y extendido sobre la cama. Sin embargo, nunca podría ponérselo, porque estaba hecho jirones.

—¿Qué ocurre? —le preguntó Francesca, entrando tras ella en la habitación. Cuando vio el desastre, también se quejó—. ¡Dios Santo! ¿Quién ha podido hacer algo semejante?

—No lo sé —respondió Constance, incapaz de contener la amargura que sentía—. Pero me parece que tengo cierta idea.

—Sí, yo también —dijo Francesca. Se acercó a la cama y miró el traje destrozado. Después se volvió hacia su amiga con los ojos brillantes de cólera—. No te preocupes. No permitiremos que Muriel se salga con la suya tan fácilmente.

Constance sonrió a Francesca, reconfortada al ver que quería ayudarla.

—Pero, ¿cómo? Ya no tengo traje de amazona.

—Te pondrás el mío —le dijo Francesca—. Maisie le sacará el bajo en un minuto. La excursión no va a salir hasta dentro de una hora, más o menos. Yo me pondré el traje de montar de mi madre. No importa que me esté un poco largo. Hoy no tengo a nadie a quien impresionar.

—Pero yo creía que tú no ibas a ir —le dijo Constance.

—No iba a ir, en efecto —respondió Francesca—, pero Muriel me ha hecho cambiar de opinión.

Cuando el grupo se reunió en el piso de abajo para salir a dar el paseo, Maisie se las había arreglado para sacarle el bajo al traje de Francesca y, además, había subido el del traje de su madre para que le quedara bien.

Francesca y Constance se unieron a los demás, que estaban esperando en el vestíbulo principal. Constance tuvo que reprimir una sonrisa al ver la cara de sorpresa, y después de ira, que se le puso a Muriel al verla. Constance le devolvió la mirada, sin sonreír, con un desafío. Muriel apretó los labios y le dio la espalda.

Durante los siguientes minutos, la gente comenzó a montar en los caballos, que los mozos de cuadra habían llevado al camino principal. Dominic se acercó a Constance, diciéndole:

—He elegido a Grey Lady para ti. Es una buena yegua, tranquila y dócil, pero no lenta.

Constance lo miró y sintió un cosquilleo en el estómago, como siempre, al oír el sonido de su voz.

—Gracias. No he montado mucho durante estos últimos años.

—No estaba seguro —respondió Dominic, y la guió hacia la yegua.

Constance pasó unos instantes conociendo a su montura, acariciándole la crin y hablándole. Después, Dominic la ayudó a montar y le entregó las riendas. Dominic montó también y se colocó a su lado.

El pequeño grupo salió del patio y tomó el sendero que llevaba hacia las granjas de la finca. Dominic iba a la cabeza, y Constance detrás de él.

Rápidamente se dio cuenta de por qué Francesca había dicho que iría a la excursión, porque Muriel se acercó a ellos.

—Ven, Dominic —dijo, sin mirar a Constance—. Estoy segura de que Arion querrá estirar las patas. Echemos una carrera hasta el río.

—No puedo dejar al resto del grupo —le respondió Dominic—. Yo soy el que guía, después de todo.

—Claro que no puedes —intervino Francesca, que se había acercado trotando—. Vamos, Muriel, yo correré contigo.

Muriel apretó los labios. Alejarse del grupo con Francesca no era lo que quería. Sin embargo, se veía atrapada por su propia proposición.

—De acuerdo —dijo con cara de pocos amigos, y las dos mujeres salieron cabalgando.

Dominic y Constance observaron cómo los dos caballos se alejaban. Como era de esperar, Muriel ganó la carrera, porque era una jinete excelente. Sin embargo, Francesca ganó el día, porque se quedó junto a Muriel todo el tiempo. Por mucho que Muriel intentara maniobrar para acercarse a Dominic, Francesca se las arreglaba para interponerse. Constance sonrió para sí, reconfortada por la lealtad de Francesca.

Constance no recordaba la última vez que había disfrutado tanto de un paseo. Dominic y ella charlaron y rieron, algunas veces solos y otras con el resto del grupo. Él les mostró varias de las granjas que había por el camino, los cultivos, los bosques y los prados. Sabía el nombre de todas las personas con las que se cruzaron, y podía contar la historia de cualquier parte del terreno. Por su tono de voz, estaba claro que amaba aquella tierra.

Constance se preguntó cuál era el motivo que lo mantenía apartado de ella; no podía ser sólo porque sus padres quisieran casarlo con la señorita Rutherford. Además, ella nunca había visto a Dominic hablar con lord Selbrooke más de lo estrictamente necesario. Claramente, entre ellos había una relación muy fría, y algo debía de haber causado aquella distancia.

Volvieron hacia la casa más tarde, y se detuvieron en un pequeño lago ornamental, en cuyo extremo había una casa de verano con un agradable sendero que rodeaba la orilla del agua.

En la casa de verano encontraron dos sirvientes y dos doncellas que les habían llevado la merienda en unas cestas desde la casa principal. Habían montado dos mesas grandes sobre caballetes y las habían cubierto con manteles blancos. En una de las mesas había una gran tetera, y a cada lado de ella, bandejas de bizcochos, galletas, magdalenas y sándwiches.

Después de haber montado durante toda la tarde, la comida fue más que bienvenida, y todo el mundo comenzó a comer con ganas. Después se sentaron y charlaron perezosamente. Sir Philip y sus hermanas quisieron probar dos botes pequeños que había amarrados en el pequeño muelle de la casa, y el joven Parke Kenwick, que parecía muy enamorado de la señorita Lydia, se ofreció para hacer un grupo de cuatro.

Poco después, Francesca convenció a Muriel para que la acompañara a dar un paseo por la orilla del lago. Muriel no quería, pero Francesca hizo caso omiso de su titubeo y, tomándola por el brazo, le dijo que necesitaba que le diera su opinión sobre unos planes de decoración para la sala de música, y se la llevó. Muriel no tuvo otro remedio que ceder.

Junto a Constance, Calandra reprimió una risita.

—Parece que Francesca ha comenzado a sentir un inmenso cariño por Muriel.

Constance la miró y se dio cuenta de que Calandra estaba a punto de echarse a reír. Ella también sonrió y dijo:

—Eso parece.

—Pobre Muriel, estoy segura de que debe de estar

muy frustrada. Quiere estar pegada a Dominic, pero es demasiado esnob como para no sentirse halagada por las atenciones de lady Haughston.

Constance no sabía qué decirle a la joven. Calandra había entendido la situación con claridad, pero Constance no estaba segura de si conocía el motivo de las acciones de Francesca.

—Bueno, deberíamos darle un buen uso al tiempo que Francesca ha sacrificado por vos —dijo, y se volvió hacia su anfitrión—. Dominic, ¿por qué no nos enseñas el promontorio?

—Claro —respondió Dominic, y miró hacia el lago, donde Francesca estaba caminando lentamente del brazo de Muriel—. Sí, supongo que es un buen momento.

Todos se pusieron en camino hacia el promontorio para ver la vista del valle. Inmediatamente, rodearon la casa principal y entraron al bosque por el extremo norte.

Calandra cabalgó junto a Constance, y justo detrás de ellas iba Margaret, coqueteando con el rubio y tímido Carruthers. Los demás hombres dirigían la expedición, abriendo las ramas de los árboles. Pronto, el terreno comenzó a empinarse, y el paso se hizo más lento. Al poco rato, Dominic detuvo su caballo y se volvió hacia el grupo.

—A partir de ahora tendremos que hacer el resto del camino andando.

Ante la idea de caminar, la idea de admirar las vistas perdió todo encanto para Margaret. Mientras desmontaban, dijo:

—¿Y tenemos que subir andando hasta el pico? Yo no llevo ropa adecuada.

Hizo un mohín expresivo mientras miraba el camino que ascendía y su traje de montar. Entonces miró a Carruthers con expresión suplicante.

—Creo que preferiría quedarme aquí. Este claro del bosque es muy agradable. Si alguien quisiera quedarse conmigo, claro...

—Para mí será un placer —dijo el señor Carruthers con galantería.

Constance suspiró.

—Quizá yo también debiera quedarme —dijo Constance con un suspiro.

En realidad, era lo último que deseaba, pero no se sentía cómoda dejando a su prima sola con un hombre al que apenas conocían. Podría ser peligroso para el buen nombre de una joven.

Calandra miró a Constance y después a Margaret, y dijo:

—Oh, no, tenéis que admirar las vistas del valle. Yo me quedaré. Estoy muy cansada, y he subido muchas veces al promontorio.

Constance miró a la joven con gratitud.

—¿Estáis segura de que no os importa?

—Claro que no —respondió Calandra—. Sólo he venido porque no quería estar allí cuando Muriel volviera de su paseo por el lago.

Al final, el señor Willoughby, cuyo caballo estaba dando señales de fatiga, decidió quedarse también, así que sólo Dominic y Constance siguieron el camino. Caminaron llevando las riendas de los caballos, y pronto estuvieron ocultos entre los árboles. El camino se volvió cada vez más y más difícil, y se quedaron en silencio, porque necesitaban el aliento para subir.

Pasaron junto a una pequeña casa con el tejado de paja, junto a la cual había un cobertizo. Parecía una casita de cuento.

—¿Quién vive ahí? —le preguntó a Dominic.

—Nadie. Lleva años abandonada —respondió él—. Podríamos dejar aquí los caballos —dijo, y ató las riendas de los caballos a unas ramas bajas.

Siguieron caminando hasta la cumbre, y a medida que avanzaban, el terreno se volvió rocoso y los árboles comenzaron a escasear. De vez en cuando él la agarraba por el brazo para ayudarla a subir una piedra, y Constance sentía el roce de su mano con intensidad.

Alcanzaron el pico, una roca que sobresalía y se erguía sobre el paisaje, ofreciendo una espléndida vista.

—¡Oh! —dijo Constance—. ¡Es precioso!

Dominic asintió, mirando hacia el valle.

—Éste siempre ha sido uno de mis lugares favoritos. Antes me sentaba aquí y soñaba… todo tipo de tonterías.

—Seguro que no eran tonterías —le dijo Constance.

Él se encogió de hombros.

—Eran cosas imposibles, de todos modos. Hoy día no hay sitio para un corsario ni un caballero —comentó con una sonrisa. Después señaló hacia delante—. ¿Ves el río que baja hacia Cowden? Y allí está el campanario de San Edmundo —le explicó y le señaló dos granjas que habían pasado por el camino aquella tarde.

—Amas mucho esta tierra, ¿verdad? —le preguntó Constance.

Él la miró con sorpresa.

—¿Y por qué lo dices?

—Se te nota en la voz. Y también se nota porque conoces a tus arrendatarios y a sus familias. Les has preguntado por ellos. Me sorprende que hayas estado alejado de tu finca durante tanto tiempo.

Él la miró con los ojos brillantes y fríos.

—Mi padre y yo estamos… distanciados. Tuvimos una gran pelea hace años. Él me ordenó que me fuera de la tierra. Después de eso no podía volver, y tampoco hubiera querido aunque hubiera podido. Corté mis lazos con Redfields entonces. Despreciaba este lugar. Despreciaba a mi familia.

Constance gimió suavemente, y él la miró.

—Lo desapruebas.

—No. Sólo… me sorprende. No me había dado cuenta de que el pasado fuera tan doloroso para ti.

—He hecho todo lo que he podido por huir de mi pasado, pero es algo difícil de conseguir.

Constance le tomó la mano, y él la sonrió.

—Querida Constance —le dijo—. Siempre eres tan buena, siempre estás dispuesta a ofrecer tu comprensión, tu calidez. Me temo que te quedarías asombrada si supieras lo que era mi familia en realidad.

—Estoy segura de que no soy tan buena como tú piensas —dijo ella—. Y sea lo que sea tu familia, yo os conozco a tu hermana y a ti, y ninguno de los dos sois malos.

—Quizá Francesca y yo no seamos malos. Sólo negligentes... egoístas... —Dominic suspiró. Después le señaló una roca—. Ven, siéntate conmigo y te hablaré de los FitzAlan.

13

—Francesca y yo nos llevamos muy poco tiempo, sólo un año —comenzó a decirle Dominic cuando se hubieron sentado sobre la roca. Él le sujetaba una mano entre las suyas, y le acariciaba la palma con un dedo, suavemente, mientras hablaba.

—Teníamos un hermano mayor, Terence. Era tres años mayor que yo. Y teníamos una hermana pequeña, Ivy. Era una niña preciosa. Recuerdo que yo pensaba que parecía un ángel. Mi hermano, sin embargo, no era ningún ángel. Terence siempre fue un prepotente, un matón. Nos aterrorizaba a Francesca y a mí cuando éramos pequeños, pero Ivy era demasiado pequeña y a ella no la molestaba. Nuestra niñera sabía cómo era Terence, e hizo todo lo que pudo por protegernos —dijo con amargura—. Aunque no era mucho, porque nuestros padres no querían oír nada malo de Terence. Él era el heredero, el hijo perfecto.

Para mis padres, no podía hacer nada malo. Por fortuna, Francesca y yo nos teníamos el uno al otro, así que pudimos unir fuerzas para combatirlo. Y, finalmente, él se fue a Eton y ya sólo tuvimos que soportarlo durante las vacaciones.

Hizo una pausa y miró con tristeza la vista que había ante ellos.

—Terence mejoró cuando crecimos. Nunca llegamos a llevarnos bien, pero al menos nos dejaba en paz. No teníamos que estar mucho con él. Después de Eton, se fue a Oxford durante un par de años, y cuando se cansó de la universidad, se fue a visitar el Continente, y vivió en Londres durante un tiempo. Finalmente volvió a vivir a casa, pero yo ya no estaba mucho en Redfields. Había empezado en Oxford para entonces, y después estaba demasiado ocupado viviendo la vida de Londres. Francesca tampoco estaba demasiado en casa. Hizo su debut y después se casó. Ninguno de los dos nos dimos cuenta...

En aquel momento, se detuvo. A Constance se le encogió el estómago. Casi tuvo el deseo de que él no continuara.

—Pero, finalmente, en una de las ocasiones en las que Francesca vino de visita, Ivy confió en ella. Por supuesto, tenía demasiado miedo de decírselo a mis padres, porque estaba segura de que no la creerían. Ivy le dijo a Francesca que Terence había... había estado forzándola durante los dos años anteriores; mi hermana sólo tenía catorce años. Y estaba desesperada.

—Oh, Dominic —susurró Constance. Lo abrazó y apoyó la cabeza en su hombro—. Lo siento muchísimo...

Él se volvió hacia ella y le pasó los brazos por alrededor del cuerpo. Apoyó la mejilla contra su cabeza, y continuó hablando con la voz ronca, en un murmullo.

—Francesca me escribió y me pidió que viniera rápidamente a Redfields para que las ayudara. Ella tenía miedo, pero esperaba que mientras estuviera allí, Terence no intentara nada con Ivy. Hizo que Ivy durmiera en su habitación, con ella. Sin embargo, Terence intentó pasar por encima de Francesca. Quiso llevarse a Ivy a montar a caballo con él, y Francesca se enfrentó a él. Le dijo que sabía todo lo que había hecho. Él lo negó, por supuesto. Juró que Ivy lo estaba inventando todo. Francesca fue a hablar con mis padres, junto a Ivy, y se lo contaron todo. Y mis padres... mis padres se pusieron de parte de Terence, como siempre. No creyeron a Ivy. Francesca les rogó que permitieran que se llevara a Ivy a vivir con ella a Londres; sin embargo, se negaron. Dijeron que eso no hablaría bien de la familia, y que temían que Ivy extendiera sus mentiras sobre Terence y sobre ellos por ahí...

Dominic soltó a Constance y se puso en pie, como si fuera incapaz de permanecer inmóvil durante más tiempo. Caminó de un lado a otro, y ella lo observó con impotencia, contemplando su dolor sin poder hacer nada por mitigarlo.

—Francesca le aseguró a Ivy que no todo estaba perdido. Le dijo que cuando yo llegara la sacaríamos de allí. Sin embargo, Ivy no la creyó —dijo Dominic, con los ojos llenos de lágrimas—. ¿Y por qué iba a creerla? Todos la habíamos fallado. Durante dos años había sufrido los ataques de Terence y no habíamos hecho nada.

—¡Pero no lo sabíais! —gritó Constance, poniéndose en pie de un salto—. No podías saberlo.

—Sí sabía cómo era mi hermano. Debería haber prestado más atención a las cosas cuando estaba en Redfields. Debería haber hablado con Ivy. Dios Santo, si la hubiera mirado, seguramente me habría dado cuenta de su infelicidad. Pero no me di cuenta. Mi única ocupación era divertirme en Londres —dijo él. Se dio la vuelta y, mirando hacia el horizonte, prosiguió—: Ivy se suicidó poco después de que yo llegara. Robó la pistola de mi padre, se fue al bosque y se disparó en la cabeza.

—¡Oh, Dominic! —Constance fue hacia él y lo abrazó con el corazón encogido de dolor—. Lo siento. Lo siento muchísimo.

Él la abrazó también.

—Por eso me peleé con Terence en su entierro. Sin duda, alguien te habrá contado ya esta historia. No te sorprenderá saber, entonces, que mi padre se puso de parte de mi hermano otra vez. Me echó y me dijo que no volviera nunca. Yo le dije que no quería volver a poner los pies en esa casa. Me marché. Mi tío, el hermano de mi madre, me compró un puesto en los Húsares, y me fui a la Península. Nunca volví a ver ni a hablar con mis padres ni con mi hermano hasta que Terence se mató en un accidente de equitación. Mi padre tuvo que mandarme volver entonces. Yo me había convertido en el heredero, y tenía que volver. No había nada que deseara menos.

Constance lo abrazó con más fuerza, como si quisiera estrujarlo para que el dolor saliera de él. Dominic se volvió hacia ella y la rodeó con sus brazos. Se quedaron así durante un largo rato. Después, él le besó el pelo.

—Gracias —murmuró.

—Ojalá pudiera hacer que te sintieras mejor —respondió ella, frotándole la espalda con un movimiento circular para calmarlo.

—Lo consigues. Créeme, lo consigues —dijo Dominic.

Él titubeó, tensándose ligeramente, y ella se quedó quieta en respuesta, esperando.

Entonces, una gota de agua le cayó a Constance en el hombro, y otra en la espalda.

—¿Qué demonios…?

Dominic soltó a Constance y se echó hacia atrás, mirando el cielo.

La conversación los había atrapado tanto que ninguno se había dado cuenta de que se formaba una tormenta. Las nubes blancas que habían refrescado aquel día se habían convertido en un velo gris.

—Será mejor que volvamos —dijo Dominic.

La tomó por el brazo y comenzaron a bajar por la colina. Las gotas caían cada vez con más frecuencia. La lluvia embarró el suelo y lo hizo resbaladizo, y ellos tuvieron que avanzar cada vez con más lentitud para evitar caerse. Cuando llegaron hasta los árboles, las ramas les sirvieron de refugio, pero el viento y la lluvia se intensificaron tanto que no sirvió de nada. Él se resbaló, y ambos se tambalearon. Dominic se agarró a la rama de un árbol, pero los dos cayeron al suelo de espaldas y se deslizaron hacia abajo hasta que pudieron frenar contra la raíz prominente de un árbol.

Dominic se sentó y la miró. Constance se rió y le quitó una ramita que se le había enganchado en el pelo. Él se rió también. Se levantaron y continuaron bajando hasta los caballos. Los animales estaban nerviosos por el sonido de los truenos.

Dominic señaló el cobertizo que había junto a la casita de campo.

—Entra. Esperaremos ahí. Yo voy a llevar a los caballos al cobertizo.

Constance asintió. Mientras Dominic desataba a los caballos y los conducía al cobertizo, ella corrió hacia la casa, sujetándose la falda del vestido lo mejor que podía. No sabía por qué se molestaba, porque ya tenía el traje empapado y lleno de barro a causa de la caída. Además, se le habían adherido ramitas y hojas al terciopelo de la falda, al deslizarse por el suelo.

La puerta de la cabaña se abrió con un crujido, y Constance entró en la habitación. Dejó la puerta abierta pese a la lluvia, porque dentro había poca luz en la única estancia de la casa. Además, Constance tenía frío con aquella ropa tan mojada, y se estremeció. Abrazada a sí misma, avanzó por la habitación, mirando a su alrededor.

No había mucho que ver; era un lugar sencillo y con pocos muebles. La habitación tenía dos ventanas pequeñas, y en ella había una cama contra la pared, una pequeña mesa con una silla en el centro y, junto a la chimenea, una mecedora. Una capa de polvo lo cubría todo. Constance se preguntó cuánto tiempo llevaría deshabitada aquella casa; parecía que varios años.

Dominic entró en la cabaña corriendo y se detuvo a mirar la habitación.

—Me temo que no hay mucho aquí —dijo. Después miró a Constance—. Estás temblando.

—Sólo un poco. Es por la humedad.

—¿La humedad? —Dominic arqueó una ceja con ironía—. Estás empapada.

Él se acercó a la chimenea y se arrodilló frente a ella.

—Espero que todavía funcione —comentó, mientras buscaba la manivela del tiro.

Comenzó a encender el fuego con los troncos que había bajo el hogar. Constance se ocupó en quitarse las ramas y hojas que pudiera encontrarse en el pelo. Dominic tardó un poco en conseguir que el fuego prendiera. Milagrosamente, el tiro funcionaba lo suficientemente bien como para impedir que el humo entrara en la habitación.

Ella se quitó las horquillas que aún le quedaban en el pelo y las dejó en la mesa; después se retorció los rizos para quitarles la mayor parte del agua. Mientras se peinaba el pelo con los dedos, Dominic consiguió que el fuego ardiera alegremente.

—Ven, siéntate junto a la chimenea —le dijo.

Constance se acercó y se detuvo a su lado. Él sonrió y le quitó una hojita del pelo.

—Debo de estar hecha un desastre —murmuró Constance.

—Pareces una ninfa del bosque —respondió él, y sonrió más ampliamente—. Una ninfa del bosque muy mojada.

—Es cierto, estoy empapada —dijo ella, estremeciéndose de nuevo.

—Deberías quitarte la ropa —le dijo él.

Sus miradas se quedaron atrapadas, y las palabras de Dominic quedaron suspendidas en el aire.

De repente, Constance se quedó sin aliento.

—Yo... eh...

Su mente se llenó de imágenes de sí misma, quitándose la ropa ante Dominic, y extrañamente, el calor que sintió fue menos de vergüenza que de impaciencia. Sus temblores ya no los provocaba el frío.

Él se dio la vuelta bruscamente y miró a su alrededor, y después atravesó la habitación con movimientos un poco tensos. Había un pequeño baúl a los pies de la cama, y Dominic lo abrió. Sacó una manta y la sacudió.

—Ten. Esta manta estará menos sucia que la que está sobre la cama. Quítate el vestido y envuélvete con ella. Después tenderemos tus cosas en la silla para que se sequen.

Mientras hablaba, él se quitó la chaqueta y la colgó sobre el respaldo de la mecedora, como si quisiera hacerle una demostración. Cuando comenzó a desabotonarse el chaleco, Constance siguió sus movimientos sin darse cuenta. Observó cómo sus dedos largos y flexibles desabrochaban los botones uno a uno, incapaz de apartar la vista.

—Vamos —le dijo él con la voz ronca—. Debes hacerlo. De lo contrario enfermarás. Yo... yo saldré mientras tú te desvistes.

—No, te mojarás mucho si lo haces. Ahora llueve con más fuerza —protestó Constance.

—Pero si ya estoy empapado.

Por supuesto, tenía razón, pero Constance negó con la cabeza.

—Será... será suficiente con que te des la vuelta.

Él asintió y se acercó de nuevo al arcón que había a los pies de la cama. Lo abrió y sacó otra manta. Constance se volvió hacia el fuego y comenzó a desabotonarse el corpiño de su traje de montar con los dedos temblorosos. Después se abrió la falda; pesaba mucho a causa del agua, y se deslizó rápidamente hasta el suelo, donde aterrizó con un golpe húmedo. Entonces, Constance agarró ambos lados del corpiño y comenzó a quitárselo.

Pensó en Dominic, que estaba tras ella, y se preguntó si de veras continuaba mirando a la cama o si estaba observando cómo ella se desvestía. El calor que sintió en las entrañas al pensar en que él pudiera estar mirándola hizo que se preguntara qué prefería en realidad. Se quitó el corpiño y se detuvo. Sin poder evitarlo, miró por encima de su hombro hacia atrás.

No debería haberlo hecho. Se había equivocado, porque Dominic estaba comportándose como todo un caballero; estaba de espaldas a ella. Se había quitado las botas y la camisa. Tenía la espalda desnuda, y Constance pudo admirar la anchura de sus hombros en contraste con la delgada cintura; ella observó cómo se le movían los músculos de la espalda mientras él se agarraba los costados de los pantalones y tiraba de ellos hacia abajo. No era una tarea fácil; estaban tan mojados que tuvo que separárselos de la piel.

Constance sabía que se había equivocado. Verlo desnudo era peor, mucho peor, que verlo con la ropa empapada. No podía apartar los ojos de la curva de sus nalgas y de sus muslos. Tenía las piernas largas, duras y delgadas. Ella nunca había visto a un hombre desnudo, y nunca se hubiera esperado que fuera tan cautivador. Jamás habría pensado que las formas desnudas de Dominic podrían derretirle las entrañas.

Debió de emitir un suave sonido, porque él volvió la cabeza, y sus miradas se encontraron.

Constance supo que debía darse la vuelta y mirar nuevamente al fuego. Debería sentirse humillada por el hecho de que la hubiera sorprendido mirándolo; sin embargo, se vio a sí misma volviéndose hacia Dominic.

Lenta, deliberadamente, con los ojos fijos en su cara, se quitó el corpiño y lo dejó caer al suelo. Quedó ante él vestida únicamente con la camisa y la combinación.

Él se giró lentamente hacia ella, mirándola con los ojos oscurecidos y los puños apretados.

Entonces, Constance pudo admirarlo de pies a cabeza; era poderoso y masculino. Se le marcaban las líneas de las costillas y la curva de los músculos bajo la suave piel de los brazos y el pecho. Constance continuó bajando la mirada por su estómago plano, y fue la vista de su miembro viril lo que la dejó asombrada. No tenía idea de qué esperar, y nunca habría soñado que la vista del despertar del deseo masculino intensificara tanto su propia necesidad.

A Constance se le entrecortó la respiración. Estaba excitada y asustada, y sentía otras muchas cosas. Cualquiera le habría dicho que no debía hacerlo. Que debería ponerse la ropa de nuevo y salir corriendo de aquella casa.

Sin embargo, no tenía intención de hacerlo. Seguro que estaba actuando impulsivamente, pero sabía que aquello era lo que quería. Dominic era la persona a la que deseaba. Sabía que él no podía casarse con ella, que no iba a casarse con ella, y sabía que los demás considerarían que estaba cometiendo un error. Pero no le importaba.

Deseaba a Dominic. Deseaba aquel momento. Pese a las demás cosas que pudieran suceder después, quería hacer el amor con él. Quería abrirse a él, dejar que la tomara entre sus brazos y que le enseñara todo lo que podía haber entre un hombre y una mujer. El resto de su vida podría ser sombrío y vacío, pero en aquel momento conocería la pasión.

Constance tiró del lazo del cuello de su camisa y el lazo se deshizo. Lentamente, uno por uno, desabrochó cada atadura hasta que los dos lados estuvieron separados y dejaron a la vista una estrecha franja de su piel, que bajaba desde el centro de su pecho. Entonces, atrapó con las manos cada lado.

—Constance... —susurró Dominic—. No. No deberías hacerlo.

—Quiero hacerlo.

Él tragó saliva, mirándola durante un largo instante, y cuando repitió su nombre, no lo hizo como una advertencia, sino con un suspiro de deseo:

—Constance...

Caminó hacia ella lentamente. Ella, sin dejar de mirarlo, se quitó la camisa y la dejó caer al suelo. Él se acercó más, y ella se desató el lateral de su combinación de muselina y la soltó hasta que cayó a sus pies. Él se detuvo a tan sólo unos centímetros de ella. Constance comenzó a desatarse los pantalones, pero Dominic le agarró con delicadeza las manos, deteniéndola.

Con una sonrisa, tomó las estrechas cintas que sujetaban la prenda y las desató. Después apoyó las palmas de las manos en la cintura de Constance, extendió los dedos sobre su piel y los deslizó por el interior de los pantalones para comenzar a bajárselos. Le pasó las palmas por la carne, dejando un rastro de calor y exponiendo su piel centímetro a centímetro.

Constance tomó aire bruscamente al notar las palmas de sus manos y las yemas de sus dedos, ásperas después de años de equitación, rozándola con ligereza, y sintió un dolor entre las piernas, una pulsación floja.

Dominic le miró los pechos; Constance tenía los pezones endurecidos como respuesta a sus caricias. Su sonrisa se hizo más amplia por la satisfacción masculina que sintió, y terminó de quitarle la prenda interior a Constance. Se quedó inmóvil durante un instante, con las manos sobre las caderas de Constance, explorando todo su cuerpo con la mirada.

Él tenía toda la atención de Constance con sus ojos, ardientes e intensos, mientras le acariciaba los costados lenta y suavemente, provocándole hasta la más diminuta de las sensaciones. Le acarició el pecho, jugueteando con sus pezones, y le deslizó las manos por la espalda, por las curvas de las caderas, por las nalgas.

Su miembro le presionaba ligeramente a Constance en el abdomen. Ella estaba asombrada por cada nuevo placer que le causaban las manos de Dominic. Y entonces, asombrándola más, él le pasó una mano entre las piernas. Constance jadeó mientras, inconscientemente, se abría para él. Sus dedos masculinos juguetearon con su carne. La acarició con delicadeza, separando aquellos pliegues tan sensibles.

Constance se aferró a sus brazos, porque aquel placer nuevo e intenso le estaba atravesando todo el cuerpo. Tragó saliva, y con una inmensa sorpresa reflejada en los ojos, lo miró. Él continuó mirándola también, mientras hacía magia con los dedos, asimilando cada uno de los sutiles cambios del semblante de Constance a medida que una nueva sensación se adueñaba de ella.

Constance nunca había sentido nada semejante. Nunca habría imaginado que existía tanto calor, o tanto placer, que pudiera consumirla de aquel modo. Dominic ni siquiera la había besado todavía, y ella ya estaba temblando a causa de una necesidad abrumadora, una delicia tan intensa que tenía la impresión de que iba a explotar por su presión.

Y entonces, explotó de veras. Emitió un pequeño grito cuando la pasión la invadió. Estalló en el centro de su ser y se extendió por su organismo en oleadas. Constance se movió contra Dominic, con el cuerpo tan tenso que estaba temblando.

Se derritió. No existía otra palabra para describirlo. Las rodillas le flaquearon, así que lo único que la mantenía en pie era el brazo que Dominic le había pasado por la cintura. Ella apoyó la cabeza contra su pecho y lo abrazó. A él le latía el corazón con mucha fuerza, y tenía la piel caliente y húmeda. Constance oía su respiración entrecortada.

—Dominic... —susurró, y alzó los ojos hacia él—. Ha sido... más de lo que yo... ha sido maravilloso. Pero, ¿y tú? Quiero decir, tú... —Constance se interrumpió y se ruborizó.

Él sonrió. Con los ojos brillantes, tomó la manta

de la silla y la sacudió. Después la extendió sobre el suelo.

—No te preocupes, querida —le dijo, tomándola en brazos y tumbándola con delicadeza sobre la manta. Cuando se tendió junto a ella, añadió—: Sólo acabamos de empezar.

Y, por fin, se inclinó y la besó.

Dominic la besó como si tuviera todo el tiempo del mundo, lentamente, buscando todo el placer. No hubo prisa por satisfacer su propia necesidad, sólo una tranquila exploración. Constance, asombrada y ahíta, le devolvió los besos con un placer lánguido; se habría conformado con permanecer allí, entre sus brazos, para siempre, y no hacer nada más.

Deslizó las manos perezosamente por sus brazos, disfrutando del tacto de su piel bajo las palmas, trazando la curva de sus músculos. La tensión que no se notaba en sus besos estaba en su cuerpo. Constance sabía que era presa del deseo, y que aquellos besos tranquilos y tiernos eran el resultado de un control férreo.

A ella le agradaba la intensidad de su pasión, el hecho de saber que la deseara tanto. Le acarició el centro del pecho, y el estremecimiento de Dominic encendió un nuevo calor en ella.

No había creído que podría excitarse tan rápidamente después del cataclismo que ya había experimentado, y el fuego que comenzó a devorarla la dejó atónita. Debió de hacer algún movimiento que mostró su sorpresa, porque Dominic elevó la cabeza y la miró con una sonrisa.

—¿Creías que eso era lo único que ibas a tener? —murmuró, y cuando Constance asintió, le besó la comisura de los labios—. Hay más. Mucho más. Te lo prometo.

Dominic le besó las mejillas, la barbilla, las cejas, los párpados. Después se concentró en el lóbulo de la oreja; se lo lamió y mordisqueó hasta que ella sintió dardos de sensaciones y calor en el abdomen. Constance se movió con inquietud debajo de él, incapaz de permanecer quieta ante sus caricias juguetonas.

Constance dejó escapar una exhalación y le pasó las manos por la espalda. Encontraba excitante la textura suave de su piel y la firmeza de los músculos, las líneas duras de sus costillas, los puntos huesudos de sus hombros y clavículas, los rizos de vello que le adornaban el pecho.

Dominic se tumbó sobre ella y metió una pierna entre las suyas, haciendo que las separara. Apoyó su peso sobre los antebrazos, pero su carne estaba apretada contra la longitud del torso de Constance, y ella lo sentía contra la parte más tierna e íntima de su cuerpo, duro y pesado, latiente.

Dominic le besó todo el cuello, mordisqueándola, y posó la mano sobre uno de sus pechos, acariciándole la suave curva. Después la besó, moviéndose con infinita paciencia sobre el arco del seno, llegando por fin al botón endurecido del pezón. Con la lengua, trazó el borde exterior de la areola, dibujando lentamente círculos, una y otra vez, hasta que finalmente tocó la punta erecta del centro. La acarició, jugueteando con ella de modo que se endureciera más y más.

Constance quería que lo tomara en su boca. Recordaba cómo lo había succionado, con la boca caliente y húmeda, y cómo cada succión había sido como el tirón de una cuerda que conectaba con sus entrañas. A cada lametón de su lengua, ella quería más. Lo anhelaba tanto que, inconscientemente, hundió los talones y se elevó.

Le pasó las uñas, ligeramente, por la espalda, y le hundió los dedos en las nalgas. Él emitió un gruñido y, finalmente, tomó el pezón con la boca, lo succionó y lo rodeó con la lengua. Ella emitió un sollozo al sentir el calor que se estaba generando en sus entrañas de nuevo, tan placentero, tan intenso que casi era dolor.

Cuando creyó que no podría soportarlo más, que explotaría de placer, él liberó su pezón. Durante un momento, se quedó inmóvil, con la respiración entrecortada y los músculos contraídos. Después la besó entre los pechos y tomó entre los labios el otro pezón.

Constance gimió y se arqueó contra él. El deseo latía entre sus piernas; estaba húmeda y dolorida. Él bajó la mano y la deslizó hacia los pliegues resbaladizos de su cuerpo; ella había creído que no podía estar más excitada, pero el calor que sentía se hizo casi insoportable al recibir las caricias de su mano y sus dedos. Movió las caderas contra él y oyó un gruñido de Dominic, que señalaba su última capacidad de control.

Entonces, él se movió y se colocó entre sus piernas, separándoselas. Constance notó la punta de su miembro contra el cuerpo y gimió, elevando el cuerpo para recibir a Dominic. Notó una punzada de dolor y se quejó suavemente. Él se detuvo, con el cuerpo rígido y tembloroso por el esfuerzo. Sin embargo, a ella no le importaba el dolor, no podía esperar más, y le acarició las caderas para urgirlo a que continuara.

Dominic penetró en su cuerpo y ella jadeó, asombrada y deleitada. Él la llenó y la extendió hasta sus límites, y fue maravilloso, como si el vacío que tenía por dentro al fin hubiera sido colmado. Sin embargo, al mismo tiempo, quería más. Quería que él penetrara más en ella, quería que la poseyera, quería poseerlo.

Él comenzó a moverse, y Constance se dio cuenta de que eso era exactamente lo que quería. Dominic se retiró lentamente, y ella estuvo a punto de protestar para que no la dejara, pero no fue necesario. En vez de eso, él la embistió y volvió a hundirse en su cuerpo, más profundamente y con más fuerza. Constance emitió un suave sonido, en parte gemido, en parte risa, ante el puro goce que le provocaban sus movimientos. Él la estaba acariciando por dentro, moviéndose a un ritmo constante que cada vez era más rápido, más duro...

Y ella se movía con él, notando cómo se formaba en su interior una bola de placer que cada embestida convertía en algo más intenso. Constance clavó los dedos en la manta que había bajo ella y se agarró con fuerza para no salir volando.

En aquella ocasión, la sensación que se estaba adueñando de ella le resultaba familiar. Sabía cómo iba a explotar la pasión en su interior, y eso hacía que lo deseara más. Salvo que entonces, el goce era incluso más fuerte, más salvaje, porque estaba unida a él en aquella danza de deseo.

Y finalmente, llegó... el placer la cegó, estallando al rojo vivo en su centro y extendiéndose por cada centímetro de su cuerpo. Ella gritó y se arqueó contra Dominic mientras él seguía embistiéndola hasta que su propio jadeo se unió al de Constance.

Ella lo abrazó, y sus cuerpos quedaron pegados el uno al otro, fundidos en aquella tormenta de pasión.

Dominic se relajó contra ella, con la cara contra su cuello. Constance percibió su respiración, calmándose, y sintió que su cuerpo perdía la tensión anterior; de hecho, ella apenas tenía la energía necesaria para hablar o para actuar.

Él la besó en el cuello. Después rodó y se tumbó en el suelo, y pasándole el brazo por los hombros, hizo que se acurrucara a su lado. Constance encontró que su cabeza se adaptaba perfectamente a la curva del hombro de Dominic. Estiró el brazo sobre su pecho y comenzó a acariciarle la piel suavemente. Se sentía un poco dolorida... y completamente satisfecha.

Aquello, pensó, era amar a un hombre. Ella nunca lo había sabido antes, ¿cómo iba a saberlo? Nunca había sentido el alcance del amor al completo, la manera en que el corazón, el alma y el cuerpo se abrazaban a otra persona, lo acariciaban de todas las formas posibles. Era algo muy bello.

Sin embargo, Constance sabía que todo se había vuelto mucho más complicado, y no quería pensar en ello. En aquel momento sólo quería disfrutar del momento, abandonarse a la alegría y la satisfacción.

Dominic la besó en la frente y le tomó la mano, entrelazando sus dedos con los de ella. Después de besarle cada uno de los dedos, le dijo:

—Eres la mujer más guapa del mundo.

Constance soltó una risita. Sabía que él era un bobo por pensar aquello, y se sentía infinitamente contenta por que lo pensara. Él enumeró todos los detalles de su belleza, hasta que ella tuvo que besarlo, riéndose, para que callara. Y entonces, pasaron algunos minutos sin que ninguno de los dos hablara.

—Constance —dijo él por fin, y ella percibió un tono de voz de irrevocabilidad en su voz, el tono de la razón y el pensamiento. Estaba muy segura de que no quería oír lo que él estaba a punto de decirle.

—No —susurró Constance rápidamente, y le puso el dedo sobre los labios para acallarlo. Lo besó en la mejilla, apoyó la cara en la de él y añadió—: No hablemos de ello ahora. Más tarde habrá tiempo suficiente.

—Tenemos que volver.

—Lo sé.

A ella le costó un enorme esfuerzo separarse de él. Se puso en pie y buscó su ropa interior, que había terminado peligrosamente cerca del fuego. Al menos, las prendas ya estaban casi secas. El traje de amazona, sin embargo, continuaba bastante húmedo. El rico terciopelo del que estaba confeccionado había absorbido mucha agua. No obstante, a ella no le quedaba más remedio que ponérselo. Cuando terminó de vestirse, Constance se arregló el pelo lo mejor que pudo con las pocas horquillas que le quedaban.

El fuego ya se había apagado, pero después de vestirse, Dominic lo removió para asegurarse de que no quedara ninguna brasa. Después, los dos salieron de la cabaña, tomaron los caballos y comenzaron a bajar por la colina, llevando a los animales por las riendas. Todo estaba tranquilo y lleno de paz; el aire olía a lluvia. Las nubes se habían alejado y estaba saliendo el sol, bañándolo todo en una luz dorada.

Siguieron caminando tomados de la mano, mirándose el uno al otro cada poco tiempo. A Constance le parecía que eran las dos únicas personas del mundo. Todo cambiaría cuando se reunieran con los demás, pero se negaba a pensarlo y se aferraba a aquel dulce momento.

Cuando se reunieran con los demás, en efecto, tendrían que vigilar mucho sus palabras y sus actos. Él no podría tomarla de la mano ni abrazarla. Ella no podría mirarlo con el corazón en los ojos. Incluso los movimientos de una pareja de novios se veían restringidos, así que los de un hombre y una mujer que no estaban comprometidos… bien, sencillamente no podrían mostrar ninguna debilidad por el otro, y menos hacer algo tan escandaloso como tocarse, salvo de la manera más formal.

A medida que se acercaban a la casa de verano, Constance vio que todo el mundo de su grupo estaba en las escaleras, observando cómo se acercaban, y sintió que se le encogía el estómago. Miró ansiosamente a Dominic. Él también estaba mirando hacia el grupo, y la expresión de su rostro era pétrea.

De repente, Constance se dio cuenta de que no habían tomado ninguna precaución para disimular su llegada, y Dominic y ella estaban al borde del escándalo. No habían podido evitar que lloviera, por supuesto, ni haberse visto obligados a buscar refugio. Sin embargo, no había ninguna explicación para el hecho de haber pasado dos horas juntos y a solas, y la mayor parte de aquel tiempo, en la privacidad de la casita.

Ya no había modo de ocultar aquello. Y las pocas esperanzas que hubiera tenido Constance de que no estallara el escándalo se desvanecieron cuando vio a Muriel bajando las escaleras hacia ellos, con una cólera fría reflejada en el semblante.

—Maldita sea —masculló Dominic mientras bajaba del caballo. No miró a Muriel mientras rodeaba al animal para ayudar a bajar a Constance también.

Después de un momento, Muriel, incapaz de contenerse, les preguntó:

—¿Dónde habéis estado?

Dominic dio un paso adelante y se puso entre Muriel y Constance. Arqueó una ceja con altivez y dijo:

—Me temo que la tormenta nos tomó por sorpresa.

—Sí, eso ya lo veo —replicó Muriel, y miró expresivamente a Constance.

Constance se ruborizó y, por instinto, se llevó una mano al pelo. Era consciente de que todo el mundo la estaba mirando. También era consciente de que su traje estaba mojado y manchado de barro, y de que estaba muy despeinada. Ni siquiera llevaba sombrero, porque el aire frío de la tormenta se lo había volado de la cabeza.

—Estoy seguro de que estabas preocupada por Constance y por mí —continuó Dominic, mirando a Muriel desapasionadamente—. Me disculpo.

—Sí, teníamos miedo de que os hubiera ocurrido algo —dijo rápidamente Francesca, mientras bajaba corriendo las escaleras hacia ellos—. Me alegro muchísimo de que estéis bien —añadió mientras abrazaba a Constance—. Pobrecitos, debéis de haberlo pasado muy mal.

A Constance se le llenaron los ojos de lágrimas de gratitud. Francesca, claramente, la estaba envolviendo con el manto de su aprobación. Y si alguien como lady Haughston no veía nada malo en lo que había ocurrido, ¿quién eran los demás para hablar?

—Estábamos muy mojados —explicó Dominic—, pero tuvimos suerte y encontramos refugio en el peor momento de la tormenta.

—¿Refugio? —repitió Muriel, confusa. Después, cuando lo entendió todo, sus ojos despidieron chispas—. ¿En esa cabaña? ¿La que hay de camino a la cima del promontorio? ¿Habéis estado solos en esa casa?

—Muriel, cállate —murmuró Francesca.

Sin embargo, Muriel ya no podía parar. Sonrió con una expresión triunfante, se giró hacia Constance y declaró a voz en grito:

—¡Habéis estado en esa cabaña con lord Leighton durante horas! Vuestra reputación, señorita Woodley, ha quedado hecha trizas.

Constance se puso tensa. Tras Muriel, oyó los murmullos de los demás invitados. Su primer impulso fue gritarle que no había ocurrido nada en aquella cabaña, pero aquello no era cierto, y no sabía si la gente podría leérselo en el rostro.

—Muriel, cállate —insistió Francesca—. Los sorprendió la tormenta. ¿Qué iban a hacer? ¿Quedarse bajo la lluvia todo el rato?

—Una mujer que cuida su buen nombre, para empezar, no se habría ido allí sola con un hombre —dijo Muriel con desprecio—. Y ha pasado mucho tiempo desde la tormenta, ¿no? ¿Quién sabe lo que ha ocurrido durante ese tiempo? —prosiguió. Era evidente que quería humillar públicamente a Constance. Se volvió hacia ella y le dijo de nuevo—: Vuestra reputación ha quedado por los suelos. Nadie pensaría en casarse...

—¡Lady Muriel! —exclamó Dominic—. Estoy seguro de que si lo pensáis bien, os daréis cuenta de que no hay nada que pueda dañar la reputación de la señorita Woodley por haberse resguardado de la lluvia junto al hombre con el que está prometida.

Hubo una exclamación de sorpresa en todo el grupo. Francesca y Constance miraron a Dominic con los ojos abiertos de par en par. Muriel se quedó pálida al darse cuenta de lo que acababa de hacer.

—No, Dominic... —susurró.

Él la miró con calma. Después se giró hacia Constance.

—Querida, siento haberlo anunciado tan informalmente. Pero, como comprenderás, no podía permitir que nadie se hiciera una idea equivocada de las cosas.

Después se volvió hacia los invitados, cuyas caras reflejaban desde la más absoluta sorpresa a una inmensa curiosidad. Sin embargo, bajo la mirada de Dominic, todos adoptaron una expresión de cortesía muy a tono con la conducta inglesa.

Fue Calandra quien rompió aquel momento helado, diciendo:

—¡Qué noticia más estupenda! Francesca, no has dado ni la más mínima pista.

—No podía —respondió Francesca—. Había prometido que mantendría el secreto.

—Enhorabuena, Dominic —prosiguió Calandra, bajando los escalones hacia ellos—. Y, Constance, me alegro mucho de que vayas a vivir tan cerca de nosotros en el futuro. El vecindario ya está más alegre.

Entonces, tomó a Constance por los hombros y le dio dos besos.

—Gracias —murmuró Constance.

Se le hizo un nudo en el estómago. Benditas fueran Calandra y Francesca por su aplomo y su bondad. Habían relajado aquella situación tan tensa y, quizá, incluso le habían transmitido cierta veracidad a las palabras de Dominic.

—¡Dominic, no seas tonto! —exclamó Muriel con la voz ahogada.

—Estoy segura de que estás tan sorprendida como los demás, Muriel, con esta buena noticia —le dijo Francesca, a modo de advertencia.

Sus ojos no vacilaron mientras miraba a Muriel de forma elocuente. Muriel se quedó callada. Le echó una mirada venenosa a Constance, se dio la vuelta y montó en su caballo. Después se alejó hacia la casa principal sin mirar atrás.

—Supongo que ya es hora de que todos volvamos a casa —dijo Francesca con calma, como si el comportamiento de Muriel fuera de lo más normal.

—Debes cabalgar a mi lado, Constance —le dijo Calandra—. Quiero que me cuentes todos tus planes de boda.

Francesca y Calandra flanquearon a Constance durante todo el trayecto de vuelta a casa. Pese a las palabras de Calandra, no hablaron sobre la supuesta boda ni sobre el compromiso. De hecho, sus dos compañeras hablaron muy poco. Constance se sintió muy agradecida por ello. No quería hablar con nadie, ni siquiera con Francesca. Estaba muy preocupada por lo que su amiga pudiera pensar de ella, y se sentía muy culpable por el hecho de que Dominic hubiera tenido que anunciar de aquella manera su compromiso.

¿Y si él pensaba que Constance había manejado la situación para que él se viera obligado a casarse con ella? No creía que pudiera soportar que Dominic tuviera una opinión tan baja de ella.

Cuando llegaron a la casa, los mozos se apresuraron a tomar las riendas de los caballos. Dominic se acercó a Constance para ayudarla a bajar. Cuando ella estuvo en el suelo, lo miró con ansiedad, pero no vio nada reflejado en su cara.

—Lo siento. Debo irme —le dijo Dominic en voz baja—. Tengo cierto asunto del que ocuparme.

Ella sintió una punzada de inseguridad. Temía que aquel asunto tuviera algo que ver con su afirmación de que estaban comprometidos.

—Dominic, no... —le susurró.

—Francesca se quedará contigo —dijo él y miró a su hermana, que se había acercado a ellos.

—Claro —dijo Francesca.

—Bien —Dominic le tomó la mano a Constance e hizo una reverencia—. Hablaremos más tarde.

Dominic se marchó a grandes zancadas hacia la casa y entró por la puerta principal.

Constance lo miró con consternación, y después se giró hacia Francesca con nerviosismo.

—¡Yo no quería esto! ¡No quería que ocurriera nada semejante! Oh, es un terrible lío. ¿Qué vamos a hacer?

—Nada, querida —murmuró Francesca con una sonrisa, tomándola por el brazo—. Mantente erguida y sonríe. No debes permitir que nadie piense que Dominic no ha dicho la verdad.

Constance quiso protestar, pero sabía que Francesca tenía razón. No podían hablar de aquel asunto en público. Tenía que poner buena cara hasta que estuvieran solas.

Así que sonrió y caminó junto a Francesca hacia la casa. Los demás invitados se dirigieron a ella para felicitarla por su compromiso, y algunos intentaron hacerle algunas preguntas, pero Francesca evadió las cuestiones con habilidad, diciendo que debía acompañar a su futura cuñada a quitarse aquella ropa mojada si no quería que enfermara.

Cuando por fin consiguieron llegar a la habitación de Constance, Francesca cerró la puerta tras ellas y tiró del cordón de la campanilla.

—Francesca, por favor, tienes que creerme —le dijo Constance—. Nunca creí que pudiera suceder algo así.

—Claro que no —dijo Francesca—. ¿Quién iba a pensar que Muriel se comportaría de una forma tan tonta? Estoy segura de que su madre va a reprenderla duramente por haberse hecho tanto daño a sí misma. No es más de lo que se merece, pero no puedo dejar de sentir cierta lástima por ella. Su madre es un demonio cuando se enfada.

—¡Pero no está bien! No es justo que Dominic haya tenido que fingir que estamos comprometidos. No es culpa suya. Hablamos en el promontorio, y el tiempo se nos pasó volando. No nos dimos cuenta de que se había formado una tormenta. Entonces, cuando nos sorprendió la lluvia, nos refugiamos en la cabaña. No ocurrió nada –dijo, pero al mentir de aquella manera, Constance no pudo mirar a Francesca a la cara. Se volvió, diciendo–: Dominic no me hizo nada malo. Él no debería tener que casarse conmigo. Por favor, debes creerme, yo no tenía intención de obligarlo a algo así.

–Eso ya lo sé –respondió Francesca–. ¿Acaso piensas que no sé qué tipo de persona eres? Ha sido muy desafortunado que vuestra ausencia fuera tan larga y, además, pública. Y es aún más desafortunado que Muriel haya sido tan tonta como para intentar herirte de cualquier modo, y arriesgarse a perder precisamente lo que más deseaba.

–¿Y por qué ha hecho semejante cosa? –preguntó Constance.

–Estoy segura de que no lo habría hecho de saber cómo iba a reaccionar Dominic. Sin embargo, ha juzgado equivocadamente a mi hermano, porque no lo conoce en absoluto. Ella asume que todo el mundo tiene la misma falta de honor y de escrúpulos que ella. Creo que Muriel debe de haber pensado que si destrozaba tu reputación, Dominic se distanciaría de ti. No ha entendido, por supuesto, que él no permitiría que tu reputación sufriera, que actuaría de una manera honorable.

Mientras hablaba, Francesca ayudaba a Constance a quitarse la chaqueta y la falda del traje de montar.

–Muriel está desesperada. Eso puede haberle nublado el entendimiento. Sin duda, considera que mi hermano es su última esperanza de casarse. La fortuna de su familia le había asegurado muchos pretendientes, pero su temperamento frío e implacable los ha ahuyentado a todos. Y, por supuesto, el número de hombres disponibles a los que ella aceptaría era bastante pequeño de partida, puesto que Muriel no se conforma con un mero barón como marido. Muriel no le ve utilidad al matrimonio si no es para ascender de posición.

Constance sacudió la cabeza.

—Dominic no debe casarse con esa mujer —dijo, y se volvió hacia Francesca—. Pero tampoco debe casarse conmigo. Tú lo sabes mejor que yo. Él me habló de las cargas que hay sobre la finca; sé que debe casarse de modo que ayude a la familia. No puede casarse con alguien que ni siquiera tiene una dote decente, y menos una fortuna. No puedo dejar que cometa semejante error.

Francesca la observó durante un largo momento.

—Querida, debes dejar que Dominic decida por sí mismo. Francamente, no tienes más remedio. Nadie puede obligar a Dominic a hacer algo que no quiera, de eso estoy segura.

Aun así, Constance no dejaba de preocuparse. No podía permitir que Dominic arruinara su vida por un sentimiento de obligación hacia ella.

Después de que Francesca saliera de la habitación,

mientras Constance tomaba un baño caliente, y más tarde, mientras Maisie la ayudaba a vestirse, continuó preocupándose por aquel problema.

No podía soportar que Dominic se viera forzado a casarse con ella. Lo que hacía que aquello fuera peor aún era que ella sí quería casarse con él. Constance se había dado cuenta de lo muy enamorada que estaba de Dominic. Era una de las razones por las que había hecho el amor con él en la cabaña. Cuando se permitía pensar en ser su mujer, sentía un gran entusiasmo.

Sin embargo, no podía dejarse llevar por aquel deseo. No podía dejar que Dominic sacrificara su futuro por conseguir su propia felicidad. Él era un hombre con responsabilidades, y si se casaba con ella, estaría haciendo caso omiso de su deber.

Además, Constance estaba segura de que no quería casarse con ella; había anunciado que estaban comprometidos sólo para proteger su honor. Él no la quería. Ni siquiera cuando estaban haciendo el amor se lo había dicho. Él la deseaba, de eso sí estaba segura. Pero no la quería como ella lo quería a él.

Las cosas habrían sido distintas si él le hubiera pedido que se casaran porque no podía soportar la vida sin ella. Si hubiera pasado por encima de su deber hacia su familia porque no podía enfrentarse a la infelicidad de no tener junto a él a la mujer a la que quería, entonces Constance no habría tenido ninguna objeción. No le habría importado tener que pasar el resto de su existencia en la pobreza, con tal de estar con Dominic.

Pero él no la quería. No le había pedido que se casara con ella. Y en aquellas circunstancias, Constance no quería a Dominic.

Sabía que debía hacer algo, y ella era la única persona que podía hacerlo. Miró el reloj de su habitación. Aún quedaba algo de tiempo para la cena. Debía hacer lo posible por arreglar la situación.

Tomó aire y salió, decididamente, de su cuarto.

15

Constance recorrió el pasillo hacia la habitación de sus tíos. Llamó suavemente a la puerta y entró después de recibir el permiso de su tía.

Su tío Roger estaba sentado en una silla, esperando a su mujer, que terminaba de arreglarse el pelo y de ponerse las joyas frente al espejo del tocador. Ambos se volvieron a mirar a Constance con sorpresa.

—Bueno, pasa, niña —le dijo su tío alegremente—. No tienes por qué mirarnos así. No estamos enfadados contigo. Debo decir que te has arriesgado, pero al final todo ha salido bien.

—He venido a pediros que me dejéis volver a casa —le dijo Constance.

—¿Cómo? —le preguntó su tío con desconcierto.

—¿De qué estás hablando, boba? —intervino tía Blanche—. ¿Por qué ibas a querer volver a casa? Oh, habrá un poco de olorcillo a escándalo, pero lord

Leighton ha hecho lo correcto, y todo pasará rápidamente. A menos, claro, que llames la atención huyendo como un conejo asustado.

—Sé que lord Leighton ha dicho que estamos comprometidos, pero es mentira.

—Quizá no fuera cierto cuando lo dijo, pero ahora sí lo es —respondió el tío Roger con petulancia—. Vino a verme hace un rato y me pidió tu mano. Por supuesto, le di mi aprobación. Nunca hubiera imaginado que eras tan astuta, Constance —le dijo, y la miró como si ambos compartieran un secreto—. Pero te las has arreglado muy bien.

—¡Yo no he hecho nada por el estilo! —protestó Constance—. ¿Crees que lo he hecho todo para obligar a Dominic a casarse conmigo?

—Si no ha sido así —respondió su tía Blanche—, has tenido mucha suerte.

—No puedo casarme con él —insistió Constance—. Dominic no quiere casarse conmigo. Sólo lo dijo porque Muriel Rutherford estaba haciendo lo posible por causar un escándalo.

—Esa muchacha es estúpida —dijo su tía, encogiéndose de hombros—. Pero bueno, lo que ella ha perdido lo hemos ganado nosotros. ¡Con sólo pensar que tendremos una condesa en la familia!

En su rostro se dibujó una sonrisa espléndida. Estaba emocionada por lo que había ocurrido.

—Aunque es difícil de entender, por cierto. Ese hombre no le prestó ni la más mínima atención a Margaret ni a Georgiana, y ellas están en una edad mucho más apropiada para el matrimonio... pero de todos modos, Margaret tiene grandes esperanzas en el señor Carruthers. Sus atenciones han sido más evidentes durante estos pasados días. Y una vez que las niñas estén emparentadas con un conde, las posibilidades serán inabarcables. Tú podrás presentarles a la flor y nata de la sociedad cuando seas lady Leighton.

—Yo no les voy a presentar a nadie —replicó Constance—, porque no voy a ser lady Leighton.

Su tía la miró con los ojos desorbitados.

—¿Estás loca?

—No. De hecho, estoy empezando a pensar que soy la única persona razonable que hay aquí. Dominic no desea casarse conmigo, así que yo no voy a obligarle a hacerlo.

—¿Obligarle? —repitió sir Roger—. ¿De qué estás hablando? Él ha pedido tu mano.

—Sólo porque se siente forzado a hacerlo. ¿Es que no lo entiendes?

—Claro que se siente obligado. Y es lo que debe hacer un caballero. No se puede jugar con los afectos de una dama —declaró su tío.

Constance suspiró. Estaba claro que sus tíos no entenderían nunca sus objeciones ante la naturaleza de aquella proposición de matrimonio. Estaban demasiado embebidos en las ventajas que podría reportarles que ella se casara con el vizconde Leighton. No encontraría ayuda en ellos. Debía hablar con Dominic. Debía conseguir que razonara.

—Me disculpo por haberos molestado —les dijo, y se dirigió hacia la puerta—. Por favor, excusadme.

Su tío murmuró alguna respuesta, pero su tía la llamó.

—¡Constance!

—¿Sí?

—Recuerda esto, muchacha —dijo con severidad tía Blanche—. Si rechazas su oferta de matrimonio, tu reputación quedará arruinada. Nunca volverán a pedirte en matrimonio. De hecho, ni siquiera te recibirán.

Constance asintió y continuó de camino hacia la puerta. Después bajó las escaleras. Casi era hora de cenar, pero quizá tuviera oportunidad de hablar con Dominic a solas durante unos minutos.

Cuando entró en la antesala donde todo el mundo se reunía antes de la cena, fue consciente de que hubo una pausa en la conversación de todos los presentes, que dirigieron sus miradas hacia ella. Dominic se le acercó inmediatamente y le hizo una elegante reverencia.

—Constance, me alegro de ver que tienes tan buen aspecto. Espero que te sientas bien.

—Sí, gracias, estoy muy bien. ¿Y tú? Espero que no te hayas resfriado.

Él negó con la cabeza.

—No, en absoluto —dijo. Le tendió la mano a Constance y le pidió—: Ven a saludar a mis padres y a Francesca.

Precisamente, los padres de Dominic eran las personas a las que menos quería ver en aquel momento, aparte de Muriel o lady Rutherford. Sin embargo, sabía que aquel encuentro era la forma más importante de acabar con cualquier rumor. Seguramente, los padres de Dominic serían amables con ella para evitar el escándalo. Sin embargo, no podían estar muy contentos después de enterarse de que su hijo estaba comprometido con una mujer pobre en vez de con la heredera que ellos habían elegido.

Afortunadamente, sí la saludaron con cortesía, aunque con una frialdad que confirmó sus sospechas. Francesca, al menos, la saludó con su habitual calidez, y prosiguió con una conversación agradable, aunque contara con muy poca ayuda. Ni lady ni lord Selbrooke parecían muy proclives a hablar, y aunque a Constance le hubiera gustado hablar con su amiga, era demasiado consciente de que todos los presentes de la habitación la estaban observando.

Por supuesto, dado que Constance estaba acompañada por los padres de Dominic, ella no pudo abordar con él el tema de su compromiso. Sabía que tendría que esperar a que terminara la cena.

Durante la cena, el señor Willoughby, para alivio de

Constance, fue tan amable y caballeroso como de costumbre, y después de felicitarla discretamente, no volvió a sacar el tema del compromiso. Tampoco mencionó la excursión de aquella tarde. Frente a ella estaba sentado sir Lucien, que claramente había recibido instrucciones de su amiga Francesca, porque se dedicó a charlar, con su habitual ingenio, de cualquier cosa menos del compromiso.

Sin embargo, los caballeros se ausentaron después de la cena, y Constance tuvo que enfrentarse a las preguntas de las mujeres. Las hermanas Norton mostraron mucho entusiasmo por el romanticismo que le achacaban a aquel compromiso secreto, y Francesca, habilidosamente, desvió la atención pidiéndoles que amenizaran la velada tocando el piano.

Todas se dirigieron a la sala de música, y la señorita Lydia comenzó a tocar. Su habilidad al instrumento no era tanta como la de Muriel Rutherford, pero la melodía era mucho más animada, y cuando las dos hermanas comenzaron a cantar, fue mucho más divertido.

Los hombres se reunieron con las mujeres mucho más rápido de lo corriente. Constance, al ver cómo Dominic y su padre se ignoraban el uno al otro, sospechó que el ambiente en la sala de fumadores había sido mucho más frío de lo que a los invitados les hubiera gustado.

Constance sintió otra punzada de culpabilidad. A

causa de la decisión de Dominic de casarse con ella, la tensión entre su padre y él era peor que nunca.

Después de unas cuantas canciones más, la reunión comenzó a deshacerse. Los invitados mayores se retiraron. Lady Selbrooke fue de las primeras en hacerlo, con una expresión de estar más irritada que cansada. La gente que quedó en el salón de música comenzó a formar grupos, algunos alrededor de la mesa de cartas, y el señor Carruthers y otros se unieron a las hermanas Norton al piano. Con sus canciones y las conversaciones de los demás, había suficiente ruido en la sala como para cubrir una conversación privada. Así pues, cuando Dominic se acercó hacia donde estaba Constance, ella aprovechó la oportunidad para hablar con él.

Dieron un paseo por la larga sala rectangular, y ella se detuvo en el extremo más alejado.

—Dominic, debemos hablar.

—Sí, tenemos que decidir cuándo y cómo te pedí que te casaras conmigo —respondió él, sonriendo ligeramente.

—No. No me refiero a eso. Dominic, no debes hacer esto.

Dominic la miró burlonamente.

—¿De veras?

—No. No seas difícil. Sabes tan bien como yo que casarte conmigo es lo último que debes hacer.

—Es precisamente lo primero que debo hacer —la contradijo él—. Estoy seguro de que tú lo entiendes.

—No permitiré que te sacrifiques sólo porque Muriel Rutherford haya creado una escena esta tarde.

—Constance, no estoy seguro de que entiendas las consecuencias de esa escena. Tu nombre quedará mancillado si no nos casamos. No obstante, sé que quizá eso no sea lo que tú quieres.

¿Que no quería?, pensó Constance. Ojalá Dominic supiera que casarse con él era exactamente lo que deseaba; pero no en aquellas circunstancias. No quería obligarlo a que se casara con ella.

Dominic continuó.

—Está claro que mi forma de pedírtelo no tuvo ningún romanticismo, pero pensé que era muy importante que actuara rápidamente para acabar con los comentarios de Muriel.

—No me importa el estilo —dijo Constance. Era exasperante para ella que Dominic estuviera dándole la vuelta a la conversación, implicando que era ella la que no quería casarse, la que debería convencerse de que era necesario—. Sé que mi reputación sufrirá, pero eso no es importante.

—Para mí sí —replicó Dominic—. ¿De veras crees que iba a actuar de un modo tan poco honorable después de lo que ocurrió en la cabaña?

Constance se ruborizó.

—Yo no... ¡yo no hice eso para que te casaras conmigo!

—Lo sé, pero eso no altera mi responsabilidad. He

hablado con tu tío, y él me ha dado permiso para que te pida la mano.

—Pero en realidad no lo has hecho —señaló Constance.

Él sonrió.

—Lo sé, y me disculpo por ello. ¿Quieres que me ponga de rodillas y lo haga ahora?

Él comenzó a moverse, y Constance, rápidamente, lo agarró del brazo y susurró:

—¡Dominic, no!

Dominic se rió.

—Bueno, me alegro de que encuentres graciosa esta situación.

—Tenemos que hacerlo —respondió él, adquiriendo una expresión seria—. Si te disgusta la idea, lo siento; sin embargo, aunque a ti no te importe cómo lo verá el resto del mundo, a mí sí. Yo no quiero ser un canalla.

—No tendría que ser así —le dijo Constance—. Seguramente, si dejamos de hablar del compromiso, la gente lo olvidará después de un tiempo. Después de todo, no ha habido anuncio formal. Si alguien te pregunta, puedes decir que fue un malentendido.

—Siempre habría una sospecha sobre ti —respondió Dominic firmemente.

—Entonces, ¿estás empeñado?

—Sí. Ya he hablado con mis padres. Daremos otro baile al final de esta semana, la noche anterior a que se vayan los invitados. Y entonces, haremos el anuncio formal.

Constance suspiró. Claramente, no había manera de disuadir a Dominic. Por supuesto, él haría lo que cualquier caballero. En realidad, Constance no había esperado nada menos de él. Sin embargo, ella no podía dejar recaer aquella carga sobre sus hombros.

Constance no podía engañarse, por mucho que ella deseara casarse con Dominic. Había una gran diferencia entre casarse porque era lo que se esperaba de uno y casarse porque hubiera una obligación evidente de por medio. Sobre todo, cuando casarse con una mujer implicaba ir contra toda la familia. Cuando significaba que uno debía vivir el resto de su vida pasando estrecheces económicas, y condenando a su familia a vivir del mismo modo.

En aquella situación, para Dominic, su matrimonio sería una constante causa de irritación. Cada vez que la viera, recordaría que no había cumplido el deber para con su familia, que no tenía dinero para liberar sus tierras de las deudas, que no podía darles todo lo que hubiera querido a sus hijos; y todo aquello, por culpa de Constance. No podía enamorarse de ella y llegar a quererla en aquellas circunstancias. Probablemente, acabaría por odiarla.

Así pues, Constance no podía rendirse y casarse con él. Tenía que ser firme. Sabía que tenía que impedirle que anunciaran su matrimonio, y la única forma que se le ocurría para conseguirlo era marcharse de Redfields. Hablar con Dominic no había servido de nada. No obstante, él no podría anunciar el compromiso si ella no estaba allí. Entonces, Dominic se daría cuenta de que Constance no quería obligarlo a que se casara con ella.

Aquella noche se excusó pronto de la velada. Era difícil ser simpática y amable cuando su mente estaba ocupada por tantos problemas, y estaba muy cansada de sonreír y evitar las preguntas de todo el mundo.

Para su sorpresa, cuando iba a subir las escaleras, uno de los sirvientes se dirigió a ella.

—¿Señorita?

Ella se detuvo.

—Lord Selbrooke requiere su presencia en el estudio.

Constance se quedó asombrada.

—Yo... sí, claro. Por supuesto.

Siguió al sirviente hasta el estudio. El mozo llamó y abrió la puerta para que ella pasara. Después, cerró. Constance miró al otro lado del estudio, donde lord Selbrooke estaba sentado tras su enorme escritorio de caoba. Él se levantó y le señaló una de las sillas que había frente al escritorio.

—Señorita Woodley, por favor, sentaos.

Constance obedeció con el estómago encogido. El conde era una figura imponente a causa de la severidad de su expresión y de su altivez. Volvió a sentarse tras su escritorio y se mantuvo en silencio durante un largo momento. Ella mantuvo una expresión amable, esperando.

—Sin duda, sabéis por qué deseaba veros —dijo por fin el conde.

—No, milord, me temo que no lo sé —respondió Constance.

—Entenderéis que éste es un matrimonio que no desearía para mi hijo.

—Sí.

—Pero Dominic es muy obstinado —continuó él.

—Es un hombre de fuertes principios —convino Constance.

—Decidlo como queráis. A mí me parece que será más fácil tratar con vos que con mi hijo. Seguramente, vos seréis más comprensiva y sabréis qué es lo que más os interesa. Yo sé que esperáis obtener mucho de esta unión, y por supuesto, no espero que la canceléis sin compensaros. Estoy dispuesto a hacerlo.

Constance se quedó boquiabierta.

—¿Disculpad? ¿Queréis pagarme para que no me case con Dominic?

—Naturalmente —dijo él. Sacó un pequeño saquito de cuero de un cajón y lo dejó caer sobre el escritorio, frente a sí. Después tiró de las cintas del bolso, lo abrió y dejó caer un puñado de monedas de oro sobre la mesa.

Constance contempló las monedas y después miró al conde. Estaba tan perpleja que no podía hablar.

Lord Selbrooke esbozó una sonrisa tensa.

—Por supuesto. Entiendo que no lo consideráis suficiente. No lo esperaba.

Entonces, sacó un paquete envuelto en terciopelo y lo depositó sobre el escritorio, junto a las monedas. Cuidadosamente, abrió el paquete y sacó un collar de rubíes y diamantes, que brillaba contra el color negro del suave terciopelo.

—Es una joya de los FitzAlan —le explicó a Constance—. Ha estado en la familia desde los tiempos del segundo conde. Mi abuela se retrató con este collar. Tiene un gran valor. Podéis venderlo y obtener unos buenos ahorros. Y todo, sin la carga de un marido.

Constance se levantó de la silla. Estaba temblando de cólera, y se agarró las manos con fuerza para que él no viera que le temblaban.

—¿Es esto lo que pensáis de mí? ¿Que aceptaré vuestro dinero para no casarme con Dominic? No os entiendo, milord, y claramente, vos no me entendéis a mí. No podéis comprarme. No venderé mi buen nombre por monedas y joyas.

Se dio la vuelta y se acercó a la puerta. Antes de salir se volvió con los ojos encendidos de ira.

—No pienso casarme con vuestro hijo. No dejaré que el sentido del honor de Dominic lo obligue a contraer un matrimonio que él no desea. Sin embargo, nunca lo cambiaría por dinero. O para complaceros a vos. Adiós, milord. Dejaré vuestra casa en cuanto me sea posible.

Constance salió del estudio y recorrió apresuradamente el pasillo hacia su habitación. Tuvo que hacer un gran esfuerzo por contener las lágrimas. Se sentía humillada y furiosa, y quería marcharse inmediatamente.

Sin embargo, no sabía cómo podría hacerlo. Si se veía obligada a hacerlo, podía caminar con su maleta hasta el pueblo, y allí podía tomar la diligencia del correo. Sin embargo, ¿qué podría hacer si aquella diligencia no pasaba por el pueblo hasta el día siguiente? ¿Dónde se escondería? Sospechaba que, si Dominic se enteraba de que se había marchado, iría tras ella. Él se negaría a permitirle que destruyera su reputación. Constance debía huir rápidamente, debía marcharse muy lejos.

Subió las escaleras y se dirigió a su habitación sin dejar de pensar en la solución. De repente, se detuvo. Se quedó inmóvil durante un instante; después se volvió y caminó por el pasillo en dirección contraria a su habitación. Llamó con energía a una habitación, y una voz le indicó que pasara. Constance abrió y se encontró, frente a frente, con Muriel Rutherford.

Muriel arqueó las cejas con asombro y con desprecio a la vez.

—¿Qué estás haciendo aquí? ¿Has venido a regodearte?

—No —respondió Constance—. He venido a pediros ayuda.

—Pues debes de tener muchas agallas —dijo la voz de otra mujer; entonces, Constance se volvió y vio a la madre de Muriel, que estaba sentada junto a la cama. ¿Acaso piensas que vamos a ayudarte en algo, cuando has convertido a mi hija en un hazmerreír?

Constance contuvo el temperamento.

—Lady Rutherford, yo no he hecho nada para herir a vuestra hija, y sé muy bien lo que pensáis de mí. Sin embargo, creo que estaréis dispuesta a hacerme el favor que voy a pediros.

—¿Por qué?

—Porque creo que coincide con vuestros intereses.
—¿De qué estás hablando? —intervino Muriel.
—He oído decir que mañana dejaréis Redfields. ¿Es cierto?
—Sí —respondió Muriel con amargura—. Nos iremos al amanecer. Cuantos menos testigos haya de nuestra humillación, mejor. ¿Y qué tiene eso que ver contigo?
—Quiero pediros que me dejéis viajar en vuestra compañía hasta Londres.
Las otras dos mujeres la miraron como si se hubiera vuelto loca.
—¿Estás bien de la cabeza? —le preguntó Muriel.
—¿Por qué? —preguntó también su madre.
—No quiero hacerle daño a lord Leighton —respondió Constance—. Sé que debe hacer un matrimonio ventajoso. Sus palabras de hoy han sido generosas, pero no debe pagar durante el resto de su vida el hecho de haberse comportado como un caballero.
—¿No quieres casarte con él? —preguntó Muriel, sin poder disimular su incredulidad.
—Voy a hacer lo que es mejor para los dos —dijo Constance.
—¿O acaso has pensado un plan malicioso? —le preguntó lady Rutherford.
—No sé a qué os referís.
Lady Rutherford la escrutó durante un momento.

Estaba segura de que aquella mujer sopesaba todo lo que aquella petición podía representar para Muriel. Seguramente, pensaba que si Constance desaparecía, aún podría conseguir que Dominic se casara con Muriel. Constance se guardó de decirle que estaba segura de que Dominic nunca se casaría con Muriel, hiciera lo que hiciera ella.

—Así que... —dijo por fin lady Rutherford—, ¿has pensado salir de aquí en secreto?

—Sí —contestó Constance.

—Está bien —dijo lady Rutherford casi agradablemente—. Saldremos mañana al amanecer. Estate preparada.

Constance asintió y salió de la habitación. Volvió a su habitación y comenzó a hacer el equipaje. El corazón le pesaba como el plomo en el pecho.

Intentó concentrarse en hacer los planes. Cuando llegara a Londres, iría a casa de sus tíos. Aunque sus familiares no estuvieran allí, los sirvientes le permitirían pasar. Tendría que buscar otro lugar donde vivir pronto, desde luego. La tía Blanche y el tío Roger se enfurecerían con ella por haber causado aquel escándalo y por haber desperdiciado la posibilidad de emparentar con un conde. Pero ella podría quedarse lo suficiente en su casa como para retirar algo de dinero de sus ahorros y preparar un viaje a Bath.

Tenía otra tía que vivía en Bath. Su padre y ella la habían visitado a menudo cuando su padre estaba enfermo, y Constance pensaba que la tía Deborah estaría feliz de acogerla. Como la pensión de viudedad de su tía no era muy cuantiosa y vivía en una casa muy pequeña, Constance sabía que no podría quedarse mucho tiempo con ella, pero al menos le daría el tiempo suficiente como para recuperarse y averiguar lo que podía hacer con su vida.

Tendría que ganar algún tipo de ingreso, pensó. La cantidad de dinero que recibía de su pequeña herencia no era suficiente. Supuso que podría convertirse en señorita de compañía de pago para damas ancianas, aunque aquélla parecía una vida muy triste. Por supuesto, quizá ni siquiera pudiera encontrar aquel trabajo, si el escándalo iba ya asociado a su nombre. Quizá si su tía y ella unieran sus recursos, pudieran encontrar un lugar un poco más grande para vivir y un modo de mantenerse.

No tardó mucho en preparar el baúl, acuciada por aquellos pensamientos tan tristes. Pronto tuvo el equipaje hecho. Se detuvo y miró a su alrededor, y durante un instante, estuvo a punto de echarse a llorar.

Pensó en el hecho de que no iba a volver a ver a Dominic. No vería su sonrisa ni oiría su voz, ni volvería a ver sus ojos. Le parecía algo tan duro, tan injusto, que apenas podía soportarlo. ¿La odiaría él por haberlo dejado de una manera tan brusca, sin una explicación? ¿O respiraría con alivio?

Con aquella pesadez en el alma, se preparó para acostarse. Se quitó las horquillas del pelo y se lo cepilló. Después se quitó la ropa y se puso el camisón.

Se sentó en el borde de la cama y pensó en Dominic, en lo que había ocurrido entre ellos aquella tarde. Ocurriera lo que ocurriera a partir de aquel día, nada podría estropear los recuerdos de la tarde en que habían hecho el amor. Constance quería a Dominic con todo su corazón, y los momentos más felices de su vida los había pasado en sus brazos. Se había sentido más viva que nunca.

Se dio cuenta de que no podía marcharse sin verlo de nuevo, sin experimentar una vez más la alegría que había conocido antes. Se puso la bata, atándosela bien a la cintura. Iba a ir a verlo. Por muy triste que fuera el resto de su existencia, al menos tendría aquel último momento de amor.

Salió sigilosamente al pasillo, que ya estaba a oscuras, y de puntillas, recorrió el camino hasta la habitación de Dominic. En vez de llamar a la puerta, para evitar despertar a alguien, giró el pomo de su puerta lentamente, pasó a la habitación y volvió a cerrar.

—¿Qué demonios...? —preguntó Dominic. Estaba junto a su cama, y al oír un ruido, se dio la vuelta bruscamente. Cuando la vio, se relajó, y relajó también los puños—. Constance, ¿qué estás haciendo aquí?

Él ya había comenzado a desvestirse, y sólo llevaba los pantalones puestos. Tenía los pies y el torso desnudos. Constance notó un calor familiar dentro de sí al verlo.

—Quería verte —respondió en voz baja, y dejó el candelabro en la cómoda, junto a la puerta.

—No deberías estar aquí. Podría haberte visto alguien.

—¿Preferirías que me marchara?

Entonces, se aflojó el cinturón de la bata y se la quitó. La dejó caer desde sus hombros al suelo con un atrevimiento que nunca habría pensado que tenía, y se quedó inmóvil.

Dominic siguió sus movimientos con la mirada. Incluso a la tenue luz de la vela, Constance percibió el deseo reflejado en su rostro.

—No —respondió, en voz baja—. No, no quiero que te marches.

Él cruzó la habitación y cerró con llave la puerta. Luego se acercó y se inclinó hacia ella, inspirando profundamente.

—Hueles a gloria —le dijo, y la vibración grave de su voz le provocó un temblor en las entrañas a Constance.

Ella se apoyó en su pecho. Quería fundirse con él. Dominic le besó el pelo y la agarró suavemente por los brazos, sujetándola mientras escondía la cara entre su cabello, provocándole escalofríos.

—¿Estás segura? —le preguntó Dominic—. ¿Te sientes... bien? No quiero hacerte daño.

—No me harás daño. Quiero estar contigo otra vez —le dijo Constance sencillamente.

Entonces, Dominic apretó la mandíbula y, con un gruñido, la abrazó con fuerza y bajó la cara hasta la curva de su cuello para besarla.

—Ah, Constance, Constance, destruyes mis mejores intenciones —murmuró contra su garganta.

Los labios de Dominic viajaron por su cuello, y él le apartó el pelo con una mano para que su boca no encontrara obstáculos al explorar. Le besó la línea de la mandíbula, pequeños besos como plumas que le cosquillearon las terminaciones nerviosas, despertándoselas, hasta que por fin llegó al lóbulo de su oreja. Lo tomó delicadamente entre los dientes y se lo mordisqueó, pasándole la lengua por el borde.

Constance tomó aire bruscamente, y posó las manos en los costados de Dominic. Tenía la piel suave, y bajo ella, notó los duros huesos de las costillas. Le deslizó las manos por la espalda, y después hacia abajo, hasta llegar a la cintura de sus pantalones. Allí, metió los dedos bajo la tela, acariciándole con las yemas de los dedos la curva de las nalgas.

Sintió que sus movimientos hacían temblar a Dominic, y sonrió con una satisfacción sensual al saber que lo excitaba. Dominic le bajó las manos por las caderas y agarró la tela del camisón para subírselo centímetro a centímetro mientras con la boca causaba estragos en los sentidos de Dominic.

Le besó las orejas, el cuello, la cara, acercándose a sus labios hasta que finalmente su boca atrapó la de ella. Con un suspiro de satisfacción, Constance correspondió con fervor a su beso. Le rodeó el cuello con los brazos y se puso de puntillas, apretando su cuerpo contra el de él.

Dominic deslizó las manos bajo su camisón y le acarició la suave piel de las nalgas. Dibujó con los dedos el borde de su espina dorsal y le acarició toda la espalda. La piel de sus manos era más áspera que la de Constance, y le provocaba cosquilleos por donde la rozaba.

Él exploró su boca perezosamente, y Constance entrelazó los dedos por su pelo, apretando las yemas de los dedos en su cabeza cuando una nueva sensación la removía. El deseo crecía en sus entrañas, cálido y exigente. Frotó su cuerpo contra el de Dominic, buscando la satisfacción que anhelaba. Él se estremeció y la tomó por las nalgas para pegarla a su cuerpo.

Constance notó la dura longitud de su deseo contra el vientre, y aquello intensificó su necesidad. Se movió por instinto, y Dominic emitió un gruñido que le salió de lo más profundo.

Se apartó de ella, agarró el bajo de su camisón y se lo quitó por la cabeza. Lo tiró a la silla que había más cerca de ellos y después tomó a Constance en brazos. Constance soltó una exclamación de sorpresa; después se le escapó una burbuja de risa de la garganta.

Se aferró a su cuello y apoyó la cabeza en su hombro.

Dominic la llevó a la cama y la tendió sobre el colchón. Dio un paso atrás y comenzó a desabotonarse los pantalones, pero ella le tomó las manos y se lo impidió. Él la miró con una pregunta en los ojos.

—Deja que lo haga yo —le pidió Constance en voz baja, arrodillándose en la cama.

Él le pasó las manos por el pelo y la acarició mientras ella manipulaba los botones. Constance sentía su carne presionando contra la tela, latiendo bajo el movimiento de sus dedos. Sonrió y se detuvo para acariciarlo.

Él gimió.

—¿Es que quieres matarme?

Constance alzó la cara hacia él con una sonrisa sensual en los labios.

—No, sólo darte placer —respondió. Trazó con un dedo la línea rígida y le preguntó—: ¿No te gusta?

—Bruja —dijo él con una sonrisa voraz—. Sí, me gusta. Te voy a demostrar cuánto me gusta.

Entonces, Dominic le posó las manos sobre los hombros como si quisiera tumbarla de nuevo sobre las sábanas, pero ella negó con la cabeza.

—No, no, déjame terminar.

Le desabrochó otro botón, y después metió los dedos bajo la tela, separándola. Las puntas de los dedos se le enredaron con el vello fuerte que encontró allí, mientras rozaba la piel satinada de su miembro viril y exploraba el contraste entre lo suave y lo áspero.

La respiración de Dominic se volvió entrecortada, y aquel sonido excitó a Constance. Sacó las manos y dibujó una forma trazando una línea a cada lado, cerca, pero no tocando la carne que se hinchaba bajo la tela. Finalmente, desabrochó los dos últimos botones.

La virilidad de Dominic se liberó de la ropa que la confinaba cuando ella le bajó los pantalones, pasándole los dedos por las curvas de las nalgas y por los muslos. Dio un tirón final y la ropa le cayó hasta los pies. Dominic se salió de los pantalones y los apartó de un puntapié, con el cuerpo tenso de deseo.

Constance cerró la mano alrededor de él, y con los dedos recorrió su longitud de arriba abajo. Él comenzó a jadear y, después de un pequeño tirón de placer y sorpresa, se quedó quieto, temblando bajo sus caricias, aunque ella se daba cuenta del esfuerzo que le estaba costando. Al verlo, ella lo soltó y deslizó las manos por sus muslos.

Todo en él era tan nuevo y fascinante... la textura de su piel, los sonidos de su deseo, la forma y fuerza de sus músculos, todas las señales de su excitación... Constance quería saborear y acariciarlo todo aquella noche, atesorar todos los recuerdos que pudiera.

Apartó los ojos de la contemplación del bello cuerpo masculino de Dominic y lo miró a la cara. Su rostro estaba tenso de pasión.

—Cuando me miras así —susurró él, y tragó saliva—, me cuesta mucho no explotar.

—Me encanta mirarte —le dijo ella con sinceridad, y aquella respuesta hizo que él se riera.

—Constance, vas a conseguir que me lance sobre ti como un adolescente primerizo.

—No me importaría —murmuró ella, y le acarició con las yemas de los dedos.

Él emitió un gemido ahogado y le apartó la mano. Entonces, subió a la cama y se puso a horcajadas sobre las piernas de Constance. Apoyó las palmas de las manos sobre su pecho y comenzó a acariciarle, lentamente y hacia abajo, todo el cuerpo. Se tomó mucho tiempo para rozarla, tocarla y acariciarla, buscando cada diminuto lugar que la hiciera gemir o suspirar o retorcerse de placer.

Después metió las manos entre sus piernas e hizo que las separara para que se abriera a él. Dominic observó su rostro mientras la acariciaba, mientras jugueteaba con los pliegues húmedos, dibujando círculos sobre el pequeño botón de carne hasta que ella hundió los talones en el colchón y se arqueó hacia arriba, casi sollozando de la necesidad que se había apoderado de su cuerpo.

El placer aumentaba y aumentaba, lanzándola hacia una conclusión estremecedora que ella recordaba muy bien, pero justo cuando la estaba rozando, él apartó la mano.

—Aún no —murmuró, y se inclinó para besarle los pechos.

Ella estaba muy excitada, latía de impaciencia; gruñó en protesta por aquel retraso, pero el toque de su lengua en la carne suave de sus senos fue un contrapunto delicioso al pulso intenso que sentía entre las piernas. Cada roce de la lengua de Dominic, cada succión de su boca en el pezón, intensificaba su deseo, pero no era lo suficientemente fuerte como para hacerla alcanzar el clímax.

Constance movió las caderas sobre la cama, pronunciando su nombre entre suspiros.

—Dominic... por favor. Dominic, te deseo. Quiero sentirte dentro de mí.

La respuesta de Dominic fue un gruñido de pura lujuria, y por fin se colocó entre sus piernas. Le subió las caderas y se deslizó en su cuerpo. Constance sintió un suave dolor, pero su cuerpo estaba demasiado ansioso por sentir el de Dominic, y no le prestó atención. Lo tomó dentro de sí, agarrándose con las piernas a su cintura, y deleitándose con el modo en que él la llenaba.

No hubo manera de contenerse. Sólo hubo una carrera dura de embestidas hacia la culminación. Sus cuerpos, hambrientos y exigentes, se movieron juntos hasta que alcanzaron lo que ambos deseaban. Dominic emitió un grito áspero y se estremeció, y Constance volvió la cabeza y le mordió el brazo para evitar pronunciar palabras de amor cuando ella, también, llegó al clímax.

Él se desplomó sobre ella con la respiración entrecortada.

—Dios Santo —murmuró contra su piel—. Creo que me has matado.

Con un suave gruñido, le acarició el cuello con la nariz y giró sobre sí hasta quedar tumbado de espaldas sobre el colchón con Constance sobre su cuerpo. Constance se rió y elevó la cabeza para mirarlo. Tuvo la impresión de que habría podido quedarse mirándolo para siempre. Tenía el rostro relajado de satisfacción, una mirada perezosa y las mejillas coloradas. Ella sintió un amor tan fiero en el pecho que tuvo que hacer un gran esfuerzo para no decírselo. Sabía que no debía decirle nada del amor que sentía. No podía ofrecerle la parte más preciosa de su corazón y sufrir el dolor de no ser correspondida.

Así que, simplemente, sonrió y se inclinó para darle un beso de ternura en el pecho, y después apoyó la cabeza sobre él. Ambos se quedaron inmóviles, alargando el momento de placer. Él entrelazó los dedos, distraídamente, en el pelo de Constance, se lo enredó en la mano y se lo llevó a los labios. Ella le dibujó círculos en el brazo.

Notaba cómo él se estaba relajando bajo ella; la mano con la que le acariciaba el pelo quedó laxa. Cuidadosamente, ella se alzó y lo miró. Él se había quedado dormido, con el rostro tranquilo y las pestañas proyectando sombras en sus mejillas. A ella se le encogió el corazón de amor en el pecho.

¿Cómo iba a soportar dejarlo?

En aquel momento, sintió una gran tentación de quedarse. Quizá Dominic no la quisiera, pero ella le proporcionaba placer. Seguramente, aquello era suficiente como para construir una relación. A Constance le parecía demasiado difícil tener que dejar todo aquello.

Con un suspiro, se tumbó de espaldas sobre la cama y miró al techo. Sabía que no podía hacer lo que estaba pensando. Quería demasiado a Dominic. No podía permitir que sus deseos se impusieran sobre lo que ella sabía que estaba bien. No podía obligarlo a que se casara con ella por su caballerosidad.

Se volvió de nuevo hacia él y lo miró. Era tarde, y ella sabía que debía dormir algo, pero no le importaba. Ya dormiría al día siguiente. Aquellos momentos eran lo único que tendría de Dominic durante toda su vida.

Así que lo contempló mientras dormía. Algunas veces apoyó la cabeza en su hombro y sintió el calor de su cuerpo, su respiración rítmica.

Finalmente, cuando pensó que los sirvientes iban a comenzar a levantarse, se deslizó fuera de la cama y, de puntillas, se acercó al lugar en el que habían caído su camisón y su bata. Se vistió y tomó su candelabro, cuya vela se había consumido casi por completo. Miró una vez más, largamente, al hombre que dormía. Después abrió la puerta y miró a ambos lados del pasillo.

No había nadie, así que, sigilosamente, salió y cerró la puerta. Apresuradamente, recorrió el trayecto hasta su habitación y allí comenzó a llorar.

17

Cuando Constance, por fin, secó sus lágrimas, se lavó y se vistió. Sabía que no tenía sentido intentar dormir antes del viaje. Estaba demasiado triste como para conciliar el sueño, y de todos modos una hora de descanso no le serviría de nada.

Decidió escribir una carta de agradecimiento a la condesa, pese al comportamiento que el conde había tenido hacia ella; y pensó que no podía marcharse sin escribir también a Francesca para darle las gracias por su amistad y su bondad. Constance sabía que se estaba arriesgando, pero no podía ser tan maleducada como para marcharse sin una sola palabra. Dejaría las cartas en la consola de la entrada, donde los sirvientes ponían el correo. Cuando alguien las descubriera, ella ya estaría en Londres.

Así pues, Constance decidió que tampoco sería un riesgo dejar una carta para Dominic, porque él no tendría tiempo de alcanzarla antes de que llegara a casa de sus tíos. Mientras escribía, no pudo evitar de nuevo las lágrimas.

Terminó las cartas, las cerró y bajó las escaleras silenciosamente para dejarlas sobre la consola del vestíbulo. Después subió de nuevo a su habitación y se sentó junto a su baúl a esperar a que se despertaran las Rutherford.

Los sirvientes se levantaron antes de que lady Rutherford llamara a la puerta de Constance, y su doncella se quedó sorprendida al ver a Constance vestida y con el equipaje preparado. Constance le dio una moneda a Nan e hizo que le prometiera que no hablaría de su marcha. Le aseguró además que había escrito a la condesa. La doncella se mostró dubitativa, pero asintió y se metió la moneda al bolsillo.

Unos minutos después, Nan se marchó y lady Rutherford apareció en el umbral. Constance se puso en pie de un salto y tomó su bolso de mano.

—Debo enviar a un sirviente para que baje el baúl —dijo Constance.

—Oh, no, no tienes por qué molestarte. Deja aquí tus cosas. Mi cochero y mi mozo las bajarán cuando suban por las nuestras —respondió lady Rutherford, y Constance se quedó atónita ante tanta amabilidad.

Por supuesto, pensó, lady Rutherford tenía muchos motivos para facilitarle la marcha. Seguramente, pensaba que aquello sería muy ventajoso para su hija.

Constance bajó las escaleras con lady Rutherford y ambas subieron al carruaje. Constance tuvo que ocupar el sitio que miraba hacia la parte trasera del carruaje, el más incómodo.

Sin embargo, no le importó. No tenía interés en mirar el paisaje. Su intención era cerrar los ojos y fingir que estaba dormida. De aquel modo, no tendría que hablar con Muriel y su madre.

Pocos minutos después, cuando todo el equipaje estuvo en el maletero, el carruaje emprendió la marcha.

Constance, entonces, cerró los ojos. No quería arriesgarse a llorar ante las dos mujeres. No había creído que pudiera dormir, pero el movimiento del carruaje hizo que, poco a poco, se sumiera en un duermevela.

Se despertó a causa de unos gritos. Abrió los ojos, confundida. El carruaje se estaba deteniendo.

—¿Qué ocurre? ¿Por qué paramos? —le preguntó a lady Rutherford.

—No tengo ni idea —respondió la dama con frialdad, mientras descorría la cortina de la ventanilla para mirar fuera.

Constance también corrió la cortina y miró. El coche se había parado por completo y había dos hombres a caballo junto a la portezuela. Uno de ellos habló.

—¿Señora?

—¿Sí? —la madre de Muriel sacó la cabeza por la

ventanilla—. ¿Qué ocurre? ¿A qué vienen todos esos gritos?

—Me envía lord Selbrooke, señora. Desea que vuelva a Redfields inmediatamente —respondió el sirviente, haciéndole una respetuosa reverencia.

Constance tomó aire bruscamente. ¡No! ¡No podían volver!

—¿Volver? ¿Para qué? —preguntó lady Rutherford.

—No lo sé, señora. Pero él indicó que es muy importante, muy urgente.

—Entiendo. Bien... supongo que debemos volver, si es algo tan importante.

—¡Lady Rutherford! ¡No! —exclamó Constance. Si volvían, su plan no saldría bien.

—Dé la vuelta y vuelva a Redfields —le ordenó lady Rutherford a su cochero por la ventanilla. Cuando el carruaje comenzó a virar, la dama miró con desprecio a Constance—. No seas idiota, niña. ¿Qué parecería si no volvemos?

—No lo sé, pero lo estropeará todo. No puedo...

—No seas tonta —dijo lady Rutherford—. Dominic no puede obligarte a que te cases con él. Si no quieres hacerlo, sólo tienes que decírselo. Yo te traeré a Londres conmigo, y eso será todo.

—Pero, ¿por qué nos hace volver lord Selbrooke?

Lady Rutherford se encogió de hombros.

—Pronto lo averiguaremos. Quizá lord Leighton se haya dado cuenta de que ha cometido un error —afirmó lady Rutherford con una mirada maliciosa. Después, volvió a mirar por la ventanilla.

El viaje de vuelta fue una agonía de nervios para Constance; cuando llegaron a la casa, estaba entumecida de miedo. De mala gana, salió del carruaje después de Muriel y de lady Rutherford, y las siguió hacia la puerta. Para su sorpresa, dos sirvientes salieron de la casa y descargaron su equipaje del coche.

Ella entró en el vestíbulo y vio a lord y lady Selbrooke junto a la escalera. El rostro de lady Selbrooke era una máscara de altivez; lord Selbrooke parecía furioso. Constance miró a un lado y vio que casi todos los demás invitados habían bajado las escaleras, en diversos estados de vestimenta. Dominic estaba en el primer escalón, con una camisa y los pantalones, aunque estaba claro que se había vestido a toda prisa; tenía el pelo revuelto y no parecía que estuviera enfadado, sólo desconcertado.

Francesca estaba un poco más arriba que Dominic, abrigada con una bata, con el pelo suelto. Constance vio también a Calandra, a lord Dunborough, a los tres hermanos Norton... todos estaban somnolientos y confusos, como si los hubieran sacado de la cama.

Constance miró de nuevo a lord Selbrooke, cada vez más desorientada. Al notar el brillo perverso de sus ojos, supo que tenía alguna maldad en mente.

—¡Bien! —exclamó el noble, mirando fijamente a Constance—. ¡Señorita Woodley! ¿Es así como pagáis nuestra hospitalidad?

—Padre, ¿qué ocurre? —preguntó Dominic con aspereza, bajando el escalón hacia ellos—. ¿Constance? ¿Por qué estás con lady Muriel? —le preguntó a ella, y después se fijó en su sombrero y en el vestido de viaje—. ¿Dónde has estado?

Constance se irguió y miró al resto de los invitados. No podía explicar aquello delante de todo el mundo.

Sin embargo, no tuvo que preocuparse, porque lord Selbrooke no le dio ocasión de hablar.

—Yo te lo diré. ¡Esta mañana me he despertado y he averiguado que nos han robado!

Hubo una exclamación de asombro de todo el mundo. Constance miró al conde sin comprenderlo. No había imaginado que pudiera decir algo así.

La escena se interrumpió cuando los sirvientes entraron portando un baúl, que depositaron en el suelo, ante lord Selbrooke. Constance se dio cuenta de que era el suyo.

—El collar de rubíes de lady Selbrooke ha desaparecido —proclamó el conde, mirando fijamente a Constance—. ¿Qué tenéis que decir con respecto a eso, señorita Woodley?

Constance se quedó mirándolo con los ojos abiertos de par en par.

—¿Estás loco? —le espetó Francesca a su padre, bajando las escaleras hacia él—. ¡No pensarás que Constance ha robado ese collar!

—Estoy seguro —respondió el conde, sin apartar la vista de Constance—. ¿Por qué, si no, iba a huir de esta manera? Es un poco extraño, ¿no le parece, señorita Woodley?

De nuevo, se produjo un murmullo en la escalera.

Constance sintió cólera. Irguió la espalda y dijo en voz alta y clara:

—Yo no he tomado nada de esta casa, milord.

Por el rabillo del ojo, vio a Dominic mirando a su padre y después a ella, y después a su padre nuevamente, escrutándolos. Sintió dolor al pensar en que él pudiera sospechar de ella.

—¿De veras? —preguntó el conde, arqueando una ceja.

Señaló el baúl con un gesto de la cabeza, y uno de sus lacayos se arrodilló y lo abrió.

Allí, sobre la ropa doblada, había una pequeña caja. El criado se volvió hacia el conde; el conde asintió, y el criado le entregó la caja. El conde la abrió y sacó, de una pieza de terciopelo negro, un collar de rubíes y diamantes.

—Entonces, ¿cómo explicáis esto? —inquirió el conde.

A Constance comenzó a darle vueltas la cabeza.

—¡Lo habéis planeado todo! —exclamó—. ¡Cuando os dije que no quería ese collar como soborno, lo pusisteis en mi baúl! Sabíais que me marchaba, ¿verdad? —le dijo Constance, y se volvió hacia lady Rutherford, al darse cuenta de todo.

No entendía por qué le habían hecho aquello. Ella se estaba marchando de Redfields, dejando a Dominic; debería ser suficiente para ellos.

Pero no. Debían de temer que Dominic persistiera en sus planes, que fuera tras ella y la convenciera de que volviera con él. Si se las arreglaban para deshonrarla frente a todo el mundo, si convencían a Dominic de que era una ladrona, él no querría casarse con ella. Se estaban asegurando de que aquel matrimonio no se produjera, y no les importaba tener que destrozarla en el proceso.

—¡Joven! —le dijo lady Rutherford—. Tened cuidado con lo que decís. ¿Cómo os atrevéis a hablarme así? —entonces, se volvió hacia lady y lord Selbrooke—. Está claro que habéis acogido a una víbora en vuestra casa, milord. Lady Selbrooke, todo esto me produce mucha lástima. Debe de ser un golpe muy duro. ¡Y pensar que ha estado a punto de convertirse en vuestra nuera!

Lady Selbrooke no respondió, sino que volvió la cara. Al menos ella, pensó Constance, tuvo la decencia de avergonzarse de aquel engaño.

—Yo no tomé ese collar —insistió Constance con la voz temblorosa por la furia—. Vos me lo ofrecisteis y yo lo rehusé. Sin embargo, me marché de Redfields de todos modos. Conseguisteis lo que queríais. ¿Por qué habéis hecho esto?

Entonces miró a Dominic. Él no la estaba mirando

a ella. Tenía la vista fija en lord Selbrooke. A Constance se le encogió el estómago. Si Dominic creía a su padre, a ella se le rompería el corazón.

Hubo un largo silencio. Entonces, Dominic habló por fin, en un tono helado.

—¿Es lo mejor que se te ha ocurrido, padre?

Lord Selbrooke se volvió con una expresión ofendida hacia su hijo.

—¿Qué quieres decir? ¡Esta joven ha robado una herencia familiar! No puedes ser tan ingenuo como para creer en sus protestas.

—No, no lo soy —respondió Dominic—. Ni tampoco creo que haya nadie tan inocente en este vestíbulo como para creerse el cuento que has ideado.

El conde abrió los ojos desorbitadamente.

—¿Cómo te atreves?

—No, padre, ¿cómo te atreves tú? —explotó Dominic, caminando hacia el conde e interponiéndose entre Constance y él—. ¿Cómo has podido permitir que tu codicia y tus malos sentimientos te hayan conducido a perder el honor?

El conde abrió la boca, presa de la indignación, pero Dominic tomó el collar de su mano, lo cual dejó a lord Selbrooke sin palabras. El conde tartamudeó e intentó alcanzar el collar sin conseguirlo. Dominic se había alejado y se lo estaba mostrando a los invitados que había en la escalera, que observaban con sumo interés la escena.

—Sé que ninguno conoce a la señorita Woodley como yo. Quizá nadie esté seguro, como yo, de que la idea de tomar algo que no es suyo nunca se le pasaría por la cabeza. Probablemente nadie sabe que intentó persuadirme de que no me casara con ella porque piensa que tengo hacia mi familia el deber de casarme de otro modo.

Hizo una pausa momentánea. Todos lo estaban mirando fijamente. Constance sintió una gran calidez en el pecho al oír sus palabras, y se le llenaron los ojos de lágrimas. Si Dominic creía en ella, nada más tenía importancia.

—Sin embargo —continuó él—, aunque nadie conozca a la señorita Woodley, creo que todo el mundo que tenga un poco de sentido común se dará cuenta de que una mujer que estaba a punto de casarse con el futuro conde de Selbrooke no tendría ninguna necesidad de robar un collar que sería suyo en el futuro, además de todas las joyas de la familia, además de esta casa, las tierras de Redfields y todas sus riquezas. No necesitaría robar un mísero collar.

El silencio fue ensordecedor. Finalmente, con la voz ahogada, el conde dijo:

—Si lo robaba, tendría el collar enseguida. No tendría que esperar, y no tendría que casarse.

—No. Tampoco tendría que haberse casado para obtener el collar si hubiera aceptado tu oferta de anoche —respondió Dominic—. Y si, por casualidad, hubiera preferido robar un collar que habría tenido sólo por casarse conmigo, parece raro que no lo haya escondido, sino que se lo haya llevado en el baúl, a la vista de cualquiera que quisiera abrirlo, porque ni siquiera se ha molestado en ponerle un candado. No es una acción muy inteligente por parte de alguien que ha sido lo suficientemente lista como para entrar en tu estudio y abrir tu caja fuerte sin que nadie se enterara. Y, además, ¿por qué no ha tomado ninguna otra joya de la caja fuerte? Además del collar, están los pendientes y la pulsera que forman conjunto con él. Y hablando de peculiaridades —prosiguió Dominic—. Me parece muy raro que hayas descubierto el robo de madrugada, esta mañana. Y que hayas tenido el instinto certero de buscar directamente en su baúl. Ni siquiera te has molestado en registrar su bolso.

Dominic siguió mirando a su padre durante un momento. Después se volvió hacia Constance.

—¿Mi padre te ofreció este collar para que te negaras a casarte conmigo?

—Sí.

Él miró a lord Selbrooke de nuevo.

—No hubiera pensado nunca que caerías tan bajo como para intentar sobornar a una joven con esto.

Dejó caer el collar al suelo. Todo el mundo observó la escena con perplejidad. Dominic levantó el pie y aplastó la joya con el tacón de la bota.

—Es falsa —anunció, y levantó la bota para dejar a la vista el amasijo de cristales y cadena.

Todo el mundo irrumpió en exclamaciones de asombro, y todo el mundo fijó la mirada en el conde. El noble se había quedado pálido. No podía hablar.

—Creo que todos entendemos lo que ha ocurrido aquí —continuó Dominic—. Sin embargo, sería mejor que admitieras lo que has intentado hacerle a la señorita Woodley, para que nada pueda manchar su nombre.

Su padre apretó la mandíbula obstinadamente, y Constance supo que iba a negarse.

Dominic arqueó una ceja.

—O quizá prefieras que siga hablando de nuestra familia ante todos los presentes —dijo.

El conde se congestionó de rabia y despidió odio por los ojos. Sin embargo, se volvió hacia la escalera y declaró:

—Leighton tiene razón. Me equivoqué al acusar a la señorita Woodley —se interrumpió y le lanzó a Constance una mirada llena de veneno—. Ella no robó el collar. El sirviente lo puso ahí cuando bajó el baúl al coche.

El sirviente de lady Rutherford, pensó Constance, y se volvió a mirar a la mujer. Lady Rutherford estaba observando al conde con el semblante pálido.

—Selbrooke, eres idiota —le dijo. Después se giró hacia su hija—. Vamos, Muriel.

Entonces, ambas salieron de la casa.

Cuando Constance se volvió, se dio cuenta de que

lord y lady Selbrooke también habían desaparecido del vestíbulo. En silencio, los presentes se miraron los unos a los otros.

—Bien —dijo Francesca—. Después de esto, creo que el único recurso es desayunar.

Procedió a guiar a todo el mundo hacia el comedor. Los invitados observaban a Constance cuando pasaban a su lado, pero la mirada pétrea de Dominic no los animó a detenerse a hablar.

Finalmente, se quedaron solos. Constance miró a Dominic, y la tristeza que vio en su semblante le partió el corazón.

—Lo siento muchísimo, Dominic —susurró—. Si hubiera sabido que iba a ocurrir esto, jamás me habría marchado. No quería hacerle daño a tu familia, y menos a ti.

—¿Tanto te desagradaba la idea de casarte conmigo, que has tenido que huir? —le preguntó él con gravedad.

—¡No! —respondió Constance, horrorizada, con los ojos llenos de lágrimas—. ¡No, por supuesto que no! No se trata de que no quisiera casarme contigo. ¡Yo te quiero!

Ella no había tenido la intención de admitirlo, pero una vez pronunciadas aquellas palabras, no podía retirarlas, tal era el dolor que percibía en los ojos de Dominic. Entonces, él se quedó boquiabierto. Se acercó a ella en dos zancadas y le tomó las manos.

—¿De veras? ¿Lo dices en serio?

—Sí. Sí, claro que lo digo en serio.

—Constance... —susurró él con una sonrisa. Entonces, se llevó las manos a los labios y se las besó, y la miró con cara de felicidad—. Tenía esa esperanza... había pensado que quizá, con el tiempo, llegarías a quererme, pero entonces... —Dominic se interrumpió y frunció el ceño—. ¿Por qué huiste? ¡Y con los Rutherford, precisamente! Debías de estar muy desesperada.

—Temía que, si me quedaba, me convencerías de que me casara contigo.

—¿Y por qué habría sido tan malo?

—Dominic, tú lo sabes. Te lo dije. No podía soportar ser la causa de tu desgracia. De que tu padre y tú os distanciarais más, de que no cumplieras el deber para con tu familia, de que las deudas sobre tu patrimonio persistieran... y todo esto porque tú te hubieras casado con alguien sin fortuna.

—¡Constance! —le dijo él con exasperación—. Yo te dije a ti que todo saldría bien, que lo solucionaría. Y lo haré.

—Pero, ¿cómo? Yo no tengo nada, salvo unos pequeños ahorros, para aportar a nuestro matrimonio.

—Te tienes a ti misma, y eso es más que suficiente —le dijo él—. Escúchame. Yo no necesito mucho dinero. Además, no seremos pobres de solemnidad. Puede que tengamos que economizar, pero eso no me importa. Tengo una pequeña finca en Dorset. Me la dejó mi tío, el mismo que me compró la comisión en el ejército. Tiene una preciosa casa de campo, y una pequeña granja que produce lo necesario para subsistir. Yo invertí lo que gané en el ejército, y eso nos proporcionará unos ingresos. Será una vida muy buena para mí, si para ti también lo es.

—¡Para mí sería una vida maravillosa! —le aseguró Constance—. Pero, ¿y Redfields? ¿Y tus padres?

—Yo no me preocuparía por mis padres si fuera tú —le dijo Dominic con mordacidad—, pero claro, ésa no es tu naturaleza. Yo ya le he dicho a mi padre que, si acepta mi plan, vendremos a vivir a Redfields y nos haremos cargo de la finca. Si no quiere, o si tú, después de lo que te han hecho hoy, no quieres vivir cerca de ellos, podemos vivir en la casa de Dorset hasta que yo herede la finca. Entonces, nos mudaremos. Venderemos la casa de Londres, que no está vinculada al título, y usaremos el dinero para cancelar parte de las deudas. Después, iniciaremos una serie de medidas para ahorrar; en primer lugar, no ir a pasar la temporada social a Londres. A mí no me interesa vivir allí, si tú eres feliz con una vida sencilla en el campo.

—Yo sería muy feliz. Ése es el tipo de vida que he llevado durante toda mi existencia hasta este verano.

—Si nos vemos obligados a hacerlo, también podemos vender lo que mi tío me dejó. Sin embargo, yo preferiría conservarlo como una propiedad para los hijos menores. Yo también utilizaré mis inversiones para disminuir las deudas. He estado hablando con el hijo del administrador de la finca desde que llegué, y él tiene muy buenas ideas para mejorar los métodos de producción de las granjas, de modo que incrementarán los ingresos. Y hay otras muchas cosas que podemos hacer para minimizar los gastos. Los FitzAlan llevan siglos gastando dinero por encima de sus posibilidades. Forrester y yo hemos llegado a la conclusión de que es posible terminar con las cargas financieras en cinco o seis años. De ese modo, cuando nuestro hijo heredara el patrimonio, estaría totalmente libre de deudas.

Constance sonrió, disfrutando de su entusiasmo. Le hacía sentir muchas cosas buenas el oír hablar de «su hijo». Pero...

—No sería una vida triste, de todos modos —se apresuró a asegurarle él—. No debes pensar que no tendremos ningún lujo. Ni alegrías.

Para Constance sería suficiente alegría vivir con Dominic. La idea de compartir con él la vida, de hacer planes, de formar una familia, le provocaba tanto anhelo que casi tenía ganas de llorar.

—Sería mucho más fácil que te casaras con alguien rico —le dijo ella suavemente.

Él sonrió.

—Sí, pero no tan divertido —replicó Dominic—. Además, no creo que quisiera hacer todas esas cosas si no te tuviera a ti.

—¿Qué? —le preguntó Constance—. ¿Lo dices de verdad?

—Pues claro —respondió él, mirándola con extrañeza—. Si no, ¿por qué iba a haberte pedido que te casaras conmigo?

—¡Pero no me lo has dicho! —exclamó Constance—. Tú nunca has dicho que quisieras casarte conmigo.

—¿No?

—No. De hecho, ni siquiera me lo has pedido. Sólo le dijiste a todo el mundo que estábamos comprometidos. Y lo hiciste porque te viste obligado ante la actitud de Muriel. Lo hiciste para evitar que yo me viera en mitad del escándalo. ¡Y ésa no es razón para que te cases conmigo! Yo quiero tu amor, Dominic. No quiero pasarme el resto de la vida enamorada de ti y sabiendo que te casaste conmigo sólo porque eres un verdadero caballero. Sabiendo que lo lamentas. Terminarías por odiarme, y yo no podría soportarlo.

Él se quedó mirándola sin dar crédito a lo que oía.

—¡Odiarte! Constance, ¿es que no te das cuenta de que eso no es posible? Yo te quiero. Nunca lamentaría haberme casado contigo. Siento no habértelo pedido apropiadamente. Muriel me obligó, es cierto, y lo siento, porque tuve que soltarlo delante de todo el mundo sin haber podido pedírtelo antes a ti.

—¿Quieres decir que tenías intención de pedirme que me casara contigo antes de lo que hizo Muriel?

—Sí, por supuesto. ¿Crees que, de lo contrario, habría hecho el amor contigo?

A Constance se le escapó una suave risa.

—¿Y no te parece, querido, que podrías habérmelo dicho?

—Soy tonto —murmuró él—. Lo admito. No tengo otra excusa que el hecho de que tu belleza me privó de la capacidad de pensar.

Entonces, Dominic le tomó la mano y se arrodilló ante ella.

—Señorita Constance Woodley, sois el centro de mi corazón. La única mujer a la que he querido y a la que siempre querré. Os ofrezco mi corazón, mi mano, mi fortuna, o más bien la falta de fortuna. Sin embargo, me consideraré un hombre rico si me concedéis vuestra mano y vuestro corazón. ¿Os casaréis conmigo?

—Sí —respondió Constance, riendo y llorando al mismo tiempo—. Sí, sí, me casaré contigo. Te quiero. Oh, levántate, bobo, y deja que te bese.

—Con placer —respondió él, y obedeció.

Y ella lo besó.

Epílogo

Dominic y Constance se casaron en la iglesia de San Edmundo, en Cowden, a finales de julio. Algunos dijeron que no fue una boda tan grandiosa como las que solían celebrar los FitzAlan en el pasado, pero todos estuvieron de acuerdo en que fue la más bonita, y aquélla en la que los novios eran más felices. Después de todo, aquél era un matrimonio por amor.

Lady Calandra y lady Francesca fueron las damas de honor, y aunque eran mujeres muy bellas, no pudieron hacerle la competencia a la novia, cuyo rostro resplandecía. El amor se le escapaba por los ojos mientras caminaba hacia el altar, donde lord Leighton la esperaba con el sacerdote. Y Leighton la miraba, a su vez, de una manera que hizo que más de una mujer de la iglesia suspirara y se volviera hacia su marido, deseando encontrar la misma expresión en su cara.

Salieron de la iglesia como marido y mujer y recibieron las felicitaciones de los habitantes del pueblo y de los arrendatarios. Después volvieron a Redfields, donde se celebraría el banquete de bodas.

Si el conde de Selbrooke y su condesa no estaban conformes con aquel matrimonio, como se rumoreaba, los dos lo disimularon bien, sonriendo, bailando y festejándolo con más entusiasmo del corriente.

Después del viaje de luna de miel a Escocia, lord y lady Leighton tenían intención de establecerse en Redfields. Lord y Lady Selbrooke se mudarían a otra residencia de la finca, y Dominic se haría cargo de los deberes de gestión del patrimonio.

Se avecinaban muchos cambios, y la gente estaba ansiosa por conocerlos. La familia FitzAlan formaba parte de la historia del pueblo, y la gente de Cowden estaba orgullosa de ellos. Sin embargo, los condes actuales no eran demasiado queridos. Con lord y lady Leighton, claramente, todo sería distinto.

Aquel matrimonio también había incrementado la buena fama de lady Haughston como casamentera. Se rumoreaba, no sólo en Cowden, sino también en Londres, que lady Francesca había descubierto a la nueva lady Leighton en una fiesta, y que inmediatamente se había dado cuenta de que sería la esposa perfecta para su hermano. La gente comentaba que ella tenía intuición para aquellas cosas, y muchos estaban de acuerdo en que la dama estaba dispuesta a ayudar a algunas parejas a encontrar el mejor destino posible.

Ciertamente, lady Francesca tenía una expresión que recordaba mucho a la de un gato que acaba de ingerir un canario, y además, sin que nadie se diera cuenta.

En la celebración nupcial, Francesca estaba a un lado del salón de baile, observando a los novios mientras bailaban un vals. Dominic sonrió a Constance, y Constance lo miraba embelesada. Ambos tenían un brillo que hizo que a Francesca se le humedecieran los ojos de felicidad.

—Lo habéis conseguido de nuevo, señora —dijo una voz, masculina y profunda, a su espalda.

Francesca se volvió y vio al duque de Rochford. No se sorprendió de encontrarlo allí, aunque no lo había visto desde la fiesta anterior, un mes antes. Él había estado viajando entre sus casas para supervisar los negocios, como siempre, y Francesca había viajado a Londres a ayudar a Constance a elegir el vestido de novia y el ajuar. Sin embargo, sabía que el duque asistiría a la boda, y que la buscaría. Él era todo un caballero, incluso cuando perdía.

De hecho, quizá más cuando perdía.

Francesca le sonrió.

—Sí, Señoría, lo he conseguido.

—No sólo se han comprometido antes de que terminara la temporada, sino que se han casado, además

—comentó él con ironía—. Quizá debiera daros un extra.

—Lo que convinimos será suficiente —respondió Francesca.

Él se metió la mano en el bolsillo interior de la chaqueta y sacó una caja cuadrada. Ella la tomó y se la metió al bolso.

—¿Ni siquiera vais a mirarlo? —preguntó él.

—Confío en vos.

—¿De veras? —le preguntó Rochford con curiosidad.

—Por supuesto. Puede que seáis muy odioso en cuanto a muchas cosas, pero siempre pagáis vuestras deudas.

Él se encogió de hombros.

—Puede que pague mis deudas, querida señora, pero nunca me gusta perder.

Con una reverencia, Rochford se marchó. Francesca lo miró hasta que desapareció entre la multitud. Le picaban los dedos de ganas de abrir la caja que él le había entregado, pero no era correcto. Tendría que esperar a estar en su cuarto. Y eso significaba que tenía que esperar a que la pareja de novios se marchara.

Afortunadamente, parecía que Dominic y Constance estaban ansiosos por comenzar su luna de miel. No se quedaron demasiado tiempo después de la cena, sino que subieron a su habitación, se cambiaron y salieron de la casa. Francesca los vio subir al carruaje con un nudo en la garganta, y los despidió con lágrimas en los ojos.

La fiesta continuó, pero Francesca ya había cumplido con su deber. Maisie estaba en su habitación cuando ella subió, y se acercó a su señora con una sonrisa.

—No puede ser que se retire tan pronto, señora.

—En realidad, sí. Estoy un poco cansada, Maisie.

—No me extraña. ¿Quiere que le retire las horquillas y le cepille el pelo?

Francesca asintió y se sentó en el tocador. Maisie comenzó a trabajar. Pronto, los espesos mechones rubios de Francesca estuvieron sueltos por su espalda, y Maisie tomó un cepillo de plata y comenzó a cepillárselos.

Francesca sacó la caja de su bolso y la depositó en el tocador. Después la abrió, y tomó aire bruscamente al ver la pulsera.

Era una exquisitez de zafiros tan azules como sus ojos, intercalados con delicados brillantes. Francesca pasó un dedo por las maravillosas piedras.

—Oooh, señora —susurró Maisie—. Es preciosa.

—Sí, lo es —convino Francesca distraídamente.

La tarjeta de Rochford estaba bajo el brazalete, y su letra clara y angulosa era bien visible.

Ella sacó la pulsera de su estuche y se la colocó sobre la muñeca. Era muy bonita, y claramente, muy cara. Exactamente lo que ella hubiera esperado de Rochford.

—¿Quiere que la lleve a la casa de empeños, señora? —le preguntó Maisie.

Aquélla era su costumbre cuando Francesca recibía algún regalo de un padre o una madre agradecidos por haber ayudado a su hija a encontrar el camino hacia el altar.

—No —respondió Francesca después de un momento—. Creo que me quedaré con ésta.

Maisie la miró sorprendida, pero no dijo nada. Francesca no se dio cuenta. Estaba demasiado absorta contemplando la pulsera.

Francesca se levantó y se acercó a la cómoda, sobre la cual había una caja grande de teca. Abrió la tapa y apretó un pequeño botón que dejaba a la vista un compartimento secreto del joyero. Dentro de aquel hueco había dos pendientes de zafiros y brillantes. Eran tan maravillosos como la pulsera, porque iban a juego con ella.

Francesca dejó delicadamente el brazalete junto a los pendientes y volvió a cerrar el compartimento.

—Creo que ya es hora, Maisie —dijo mientras tapaba el joyero—. Debemos empezar a pensar a quién elegiremos para nuestro próximo proyecto.

Títulos publicados en Top Novel

Pasiones culpables – Linda Howard
Sombras en el desierto – Shannon Drake
Reencuentro – Nora Roberts
Mentiras en el paraíso – Jayne Ann Krentz
Sueños de medianoche – Diana Palmer
Trampa de amor – Stephanie Laurens
Resplandor secreto – Sandra Brown
Una mujer independiente – Candace Camp
En mundos distintos – Linda Howard
Por encima de todo – Elaine Coffman
El premio – Brenda Joyce
Esencia de rosas – Kat Martin
Ojos de zafiro – Rosemary Rogers
Luz en la tormenta – Nora Roberts
Ladrón de corazones – Shannon Drake
Nuevas oportunidades – Debbie Macomber
El vals del diablo – Anne Stuart
Secretos – Diana Palmer
Un hombre peligroso – Candace Camp
La rosa de cristal – Rebecca Brandewyne
Volver a ti – Carly Phillips
Amor temerario – Elizabeth Lowell
La farsa – Brenda Joyce
Lejos de todo – Nora Roberts
La isla – Heather Graham
Lacy – Diana Palmer

www.ingramcontent.com/pod-product-compliance
Lightning Source LLC
LaVergne TN
LVHW030339070526
838199LV00067B/6349